Für meine Eltern mit ihrer Leidenschaft für
Bücher und ihrer Liebe zu Gran Canaria

Anke Redhead

Mord im Barranco

Krimi Kurzgeschichten

Impressum:

Anke Redhead, Eigenverlag, Hamburg

Elly-Heuss-Knapp-Ring 15

21035 Hamburg

Kontakt: E-Mail: info@papiermache-kunst.de

Homepage: www.papiermache-kunst.de

Copyright by Anke Redhead

November 2016

Umschlaggestaltung: Anke Redhead

ISBN   978-3-7407-4685-8

Alle Rechte, auch die des auszugsweisen Nachdrucks, der fotomechanischen, elektronischen oder fotografischen Vervielfältigung, der Einspeicherung und Verarbeitung in elektronischen Systemen, des Nachdrucks in Zeitschriften oder Zeitungen, des öffentlichen Vortrags, der Verfilmung und der Übertragung durch Rundfunk, Fernsehen und Video vorbehalten. Ebenfalls behalte ich mir alle Rechte für einzelne Text- und Bildteile sowie der Übersetzung in andere Sprachen vor

Las islas Canarias son conocidas también como las "Islas felices" (Die Kanaren sind auch bekannt als "Glückliche Inseln")

Inhalt

Mord im Barranco   **Seite 1**

Das war dumm gelaufen. 2 Tote sorgen für Schlagzeilen und anstatt ihren Urlaub, wie geplant, mit Feiern und Strandleben zu verbringen, wird Rika Hartung Spielfigur eines mörderischen Plans. Nebenbei entdeckt sie das Geheimnis ihrer Herkunft und schreibt ihre Zukunft neu.
.

Mord in Weiß   **Seite 29**

Auf offener See lässt sich besonders gut morden. Doch wer stieß das Opfer von der Brücke und wer nahm das wertvolle Rubinarmband an sich? Die Suche nach dem Schuldigen führt Sonja und Guido auf eine Spur in die Vergangenheit.
.

Der Tod kann warten   **Seite 42**

Auf Gran Canaria leben Rentner besonders lange. Doch nicht jeder freut sich darüber. Diese Erfahrung macht Anna Mirbach, als sie im "Casa Sombra" in den Bergen der Insel merkwürdigen Dingen auf der Spur ist. Als sie versucht, hinter das Geheimnis der Morde in der Seniorenresidenz zu kommen, begibt sie sich in große Gefahr.

Wind Mord-Ost   **Seite 78**

In der Herrentoilette auf dem Flughafen Gando auf Gran Canaria wird die übel zugerichtete Leiche eines Mannes gefunden. Wer hatte einen Grund ihn zu töten? Und warum verschwindet Tinas Freundin Birgit plötzlich von der Bildfläche? Auf der Suche nach der Wahrheit wird ihre Freundschaft auf eine harte Probe gestellt.

Der Tote im Pool   **Seite 112**

War es wirklich ein Unfall, der den Manager des Hotels Isadora in Las Palmas ertrinken ließ? Fest steht, dass er einem groß angelegten Betrug auf der Spur war. Christine Hirsing hat einen Verdacht. Doch wird sie lange genug leben, um den Täter zu überführen? Und welche Rolle spielt Landelin Precht, der neue Manager, in ihrem Leben?

Tödliche Trüffel   **Seite 154**

Ausgerechnet seine alte Flamme logiert im selben Hotel wie Tony. Offensichtlich ist sie inzwischen darüber hinweg, dass er ihr vor Jahren den Laufpass gegeben hat . Doch plötzlich liegt Tony tot unter dem Esstisch.

Den frühen Taucher fängt der Tod   Seite 186

Eine weibliche Tote wird am frühen Morgen aus der Bucht von Mogan gezogen. Was hat die Tauchschule "Dive Now" in Mogan damit zu tun? Harry Herkenroth hüllt sich in Schweigen und Silvia macht die Erfahrung, dass es immer gefährlich ist, mehr als die anderen zu wissen!

* * *

Mord im Barranco

Leise und gleichmäßig zog der silberne Airbus seine Flugbahn über den Wolken. Die meisten Passagiere hatten ihre Gesichter bereits in vorfreudige Falten gelegt, denn nur noch anderthalb Stunden trennten sie von ihrem Jahresurlaub auf Gran Canaria. In den hinteren Reihen der Kabine hatten sich einige rotgesichtige Männer im so genannten besten Alter über die Biervorräte der Passagiermaschine hergemacht und befanden sich inzwischen in einer heiteren und mitteilsamen Stimmung, an der sie sowohl die Stewardessen als auch die genervten übrigen Reisenden teilhaben lassen wollten. In einer dem Alkohol entstammenden Einigkeit johlten sie über jede Bemerkung, die einer von ihnen von sich gab.

Im mittleren Bereich der Maschine saß ein junger Mann, der seine 1,92 m Körpergröße unbequem auf den viel zu engen Sitz gezwängt hatte. Seine Knie bohrten sich schmerzhaft in den Vordersitz. Das gleißende Sonnenlicht auf den Tragflächen blendete Leon Sievers, der nachdenklich aus dem winzigen Fenster schaute.

Er musste blinzeln. Wie sollte er den Mord begehen, fragte er sich. Sollte er einfach in das Haus der Frau eindringen, sie erschießen, erwürgen, oder was auch immer und dann wieder verschwinden, oder sollte er sich erst noch mit ihr unterhalten, sie fragen, wie es denn gewesen war mit seinem Vater, ob sie sich nie geschämt hatte, eine Affäre mit einem verheirateten Mann einzugehen. Wahrscheinlich würde sie Reue zeigen, aber jetzt, wo sein Vater gestorben war, wäre es sowieso egal. Eigentlich konnte er sie auch gleich erschießen oder erwürgen, oder was auch immer. Leon Sievers nickte heftig, worauf seine Nachbarin besorgt fragte:

„Fühlen Sie sich nicht wohl, junger Mann? Ich kann Ihnen eine Beruhigungstablette anbieten. Mein seliger Gemahl, Reinfried, er flog ja auch nicht gerne ..."

„Blöde Kuh, quatsch nicht so viel", dachte Leon, laut aber sagte er:

„Danke, wirklich nicht nötig." Dann hing er wieder seinen Plänen nach.

„Fahren Sie in Urlaub nach Gran Canaria?" nahm die ältliche Sitznachbarin den Gesprächsfaden wieder auf.

'Nein, ich fliege nur hin, um die ehemalige Geliebte meines Vaters umzubringen, die soll nämlich mein Erbe bekommen. Die Firma meines Vaters, die nach seinem Tod vor zwei Wochen mir gehören sollte!', so hätte Leon am liebsten geantwortet, aber er war klug genug, nur eine unverbindliche Antwort zu murmeln. Leon reckte den Hals, um einer flotten, rothaarigen Mittzwanzigerin einige Reihen hinter ihm zuzuzwinkern. Neben der sollte er sitzen, nicht neben einer so redseligen Schachtel! Das junge Mädchen lächelte freundlich zurück. Na also!

Wieder schloss Leon die Augen und rief sich das letzte Gespräch mit seinem Vater ins Gedächtnis. So eine Demütigung! Erst kurz bevor sein Vater ins Koma glitt, aus dem er nicht mehr erwachen sollte, hatte Leon erfahren, dass dieser jahrelang eine Geliebte hatte. Gisela Hartung, eine Künstlerin, die auf einer kanarischen Insel lebte. Gut dass seine Mutter dies nicht mehr hören konnte, sie war schon vor 11 Jahren gestorben. Aber warum konnte sein Vater die Vergangenheit nicht ruhen lassen! Statt dessen wollte er Gisela jetzt als Erbin einsetzen. Die paar Aktien seines Vaters wären ihm ja egal gewesen, aber die gut laufende Computerfirma, als dessen Geschäftsführer Leon sich schon gesehen hatte, darauf hatte er seine ganze Hoffnung gesetzt und er würde es nicht zulassen, dass diese Firma in fremde Hände fiel. Da Leon es bislang nicht geschafft hatte, ein Studium oder eine Ausbildung abzuschließen, war er quasi dazu gezwungen, die Firma seines Vaters zu übernehmen, denn etwas anderes als mit Computern umzugehen hatte er nicht gelernt.

Er hatte in den letzten Tagen gründlich recherchiert. Gisela Hartung lebte jetzt als Malerin auf Gran Canaria. Offensichtlich hatte sie sich nach Beendigung der Affäre mit seinem Vater nie wieder fest gebunden, denn sie wohnte alleine in einem kleinen Dorf fernab vom Tourismus mehr im Inneren der Insel gelegen. Die schwungvollen Aquarellmalereien mit Meeres- oder Bergansichten schienen sich ganz gut zu verkaufen und in einem kürzlich erschienenen Interview, über das er im Internet gestolpert war, erzählte sie, Gran Canaria sei ihre feste Heimat geworden. Gut so. Denn dort sollte sie auch bleiben. Aber in einer Urne.

Leon glitt in einen unruhigen Schlaf, aus dem er erst erwachte, als die freundliche ältere Dame ihm sanft die Hand tätschelte.

„Wir landen gleich, dann haben Sie es geschafft" sagte sie mitfühlend, „ich schnalle Ihren Gurt mal eben fest!"

„Nicht!" Leon verschluckte sich beinahe, „Das kann ich schon selbst". Das fehlte noch! Ja, wenn die rote Mittzwanzigerin ihm das angeboten hätte...Wieder warf Leon einen Blick über seine Schulter und sah in ihr grinsendes Gesicht. Offensichtlich begriff sie seine Not. Er grinste zurück. Am Kofferlaufband nach der Landung stellte er sich auch gleich neben den Rotschopf.

„Na, Sie Ärmster", meinte die junge Frau keck „Sie sind ja ordentlich bemuttert worden. Ich heiße übrigens Rika."

„Ich bin Leon. Und bitte, passen Sie auf mich auf. Da kommt die Alte schon wieder".

Lachend hakte Rika Leon unter, und als ihre Koffer gekommen waren beschlossen sie, ein gemeinsames Taxi nach Patalavaca, einem kleinen Ort im Süden der Insel, zu nehmen.

„Vielleicht sieht man sich ja mal in der Ducatos-Bar. Ansonsten schönen Urlaub!", verabschiedete sich Rika nach ihrer gemeinsamen Fahrt. Leon fuhr weiter in die Appartement-Anlage Casa del Paco, in der er sich kurzfristig eingebucht hatte.

Inzwischen war es ein wenig kühler geworden. Leon kurbelte das Fenster des Taxis etwas herunter und ließ sich den Wind um die Nase wehen. Als das Taxi von der Hauptstraße abbog und bergan in die Urbanisacion kletterte, fühlte er, wie eine schwere Last langsam von seinen Schultern rutschte. Wie lange hatte er sich eigentlich keinen Urlaub mehr gegönnt? Vor dem langsam dunkler werdenden Himmel hoben sich die schneeweißen Häuser des Appartement-Hotels klar umrissen ab. Leon seufzte und sog die trockene Luft tief ein.

* * *

In seinem Zimmer wurde ihm zum ersten Mal richtig bewusst, dass er einen Mord begehen würde. Einen richtigen Mord mit einer echten Leiche. Sein Leben würde danach nie wieder so sein wie jetzt. Um so besser, denn jetzt gefiel es ihm nicht besonders. Jahrelang war er nur der geduldete Sohn des Chefs gewesen, immer unter dem Druck sich beweisen zu müssen. Jawohl, er hatte schon öfter gesehen, wie der alte Jörgens und Dr. Mettner sich hinter seinem Rücken Blicke zugeworfen hatten. Irgendwie genervt. Das würde sich jetzt ändern. Wenn Gisela erst einmal tot wäre, würde die Firma automatisch an ihn weitergehen. Geschwister hatte er keine, auch der Vater war ein Einzelkind gewesen. Dann würde sich einiges im Betrieb ändern. Als erstes würde er die verstaubten und vertrockneten Mitarbeiter feuern, die ihn nie respektiert hatten. Und dann würde er selbst ihre Plätze einnehmen und Chef sein. Jeder müsste ihm dann gehorchen So war das nun einmal! Oder so sollte es zumindest sein, wäre da nicht diese Frau.

Gisela Hartungs Bild, das er in seiner Brieftasche bei sich führte, hatte sich in seinem Gehirn eingebrannt wie eine Wunde. Bald würde sie heilen. In glänzender Stimmung sprang er die wenigen Stufen von seinem Zimmer auf die Straße und lief die Calle de Navarro entlang, den Weg, den Rika ihm beschrieben hatte.

* * *

In der Ducatos-Bar war es brechend voll. Von Rika keine Spur. Leon setzte sich an die Bar und bestellte sich eine cerveza. Er musterte die Gäste, immer auf der Suche nach einem hübschen Gesicht. Die Kleine dort war auch nicht schlecht. Leon zwinkerte ihr zu, aber sie drehte sich weg.

„Blöde Ziege, dann nicht", dachte Leon.

Als er sein zweites Bier zur Hälfte ausgetrunken hatte, bekam er plötzlich einen Hustenanfall. Neben der Tanzfläche, dort, da war sie, Gisela Hartung, sein Mordopfer. Das gibt es doch nicht, so ein Zufall, so etwas Blödes. Klasse sah sie ja schon aus, das musste er wohl zugeben, obwohl sie inzwischen fast 50 sein musste. Sie trug einen kurzen Wickelrock, der ihre wohlgeformten Schenkel zeigte. Dazu ein weit ausgeschnittenes T-Shirt, das der Phantasie nicht viel Spielraum ließ. Leon wandte sich ab. Das fehlte noch, wenn man sah, wie er sie beobachtete. Aber Gisela hatte sowieso einen Partner, jedenfalls sah es so aus. Ein richtiger Beau. Mindestens 10 Jahre jünger als sie. Nun griff ihr der doch tatsächlich an die Brust. Das hätte Leon zwar auch gerne getan, aber er würde es sich niemals trauen. Offensichtlich gefiel es Gisela wohl auch nicht, denn sie beschimpfte ihren Freund auf Spanisch. Leon spitzte die Ohren, konnte aber kein Wort verstehen, weil die Musik zu laut war.

„Muy brioso. Temperamento!" grinste der Ducatos-Kellner Leon zu, und machte eine anerkennende Kopfbewegung zu Gisela hin. Leon schaute schnell weg. Das Wortgefecht hinter ihm wurde immer lauter und plötzlich stürmte der spanische Beau hinaus. Gisela setzte sich in Seelenruhe an einen Tisch und trank ihren Rotwein. Blitzschnell sprang eine Idee in Leons Kopf. Eilig zog er ein paar Münzen aus der Tasche und warf sie auf die Theke. Dann verließ er das Lokal und ging dem spanischen Don Juan hinterher. Dieser schlug den Weg zum Strand ein. Don Juan war wohl noch so voller gekränkten spanischen Stolzes, dass er nicht merkte, wie Leon sich von hinten an ihn heranschlich und ihm ein Messer zwischen die Schulterblätter rammte. Kopfüber fiel der schöne Mann in die Brandung und blieb reglos liegen.

* * *

Als sie mitten in der Nacht erwachte, war sie nicht allein. Nachdenklich lauschte Rika in der Dunkelheit auf die ruhigen Atemzüge neben sich und überlegte, ob sie eigentlich wissen müsste, in wessen Bett sie lag. Ein leichter Wind blähte die Gardinen auf, und von draußen war der feine Gesang der Zikaden zu hören. Hoffentlich war es nicht dieser pickelige Kevin! Erschrocken setzte sich Rika kerzengerade im Bett auf – eine Bewegung, die sie sofort bereute. Hinter ihren Augen hämmerte ein dumpfer Schmerz, und eine Welle der Übelkeit ergriff sie. Aufstöhnend ließ sie sich wieder zurücksinken und schwor sich, nie wieder Sangria mit Cognac zu mischen. In dieser Dunkelheit war auch nichts zu erkennen! Dann schon lieber Lonzo, der so lustig gesungen und sie gestern Abend immer Mecki genannt hatte. Rika seufzte und glitt vorsichtig aus dem Bett. Auf der Suche nach ihrer Unterwäsche und ihren Shorts stolperte sie über einen Stuhl, aber ihr Bettgenosse rührte sich nicht. Vermutlich hatte er ebenso viel Sangria genossen wie sie. Leise zog sie sich an und verließ das Hotelzimmer.

Der Nachtportier grinste sie wissend an, als Rika versuchte, würdevoll an ihm vorbeizuhuschen. Sie war erleichtert, als sie endlich die frische, kühle Nachtluft der Insel einatmete. Vom Hotel aus schlug sie den Weg zum Strand ein.

In diesen ersten Stunden des Tages war Gran Canaria einfach herrlich. Tagsüber tobte hier das Leben, unzählige Touristen schoben sich über die Einkaufspassagen, afrikanische Händler boten Holzschnitzereien an, und Restaurantbesitzer versuchten, unentschlossene, hungrige Strandurlauber an ihre Tische zu ziehen. Aber nachts war Ruhe. Immer noch zirpten die Zikaden ihre übermütigen Melodien, und der Halbmond lag auf dem Rücken und übergoss den Strand mit einem matten Schimmer.
Schon immer hatte sie den Nachthimmel über dieser Insel genossen. Irgendwie war der Himmel hier näher als in Hamburg. Rika seufzte wohlig. Ihre Kopfschmerzen waren wie weggeblasen. Sie freute sich auf zwei Wochen Sonne und wollte keinen Gedanken mehr an ihren unfreundlichen Chef und an ihre Kollegin verschwenden, die ihr ständig mit Ratschlägen in den Ohren lag, wie man sich den Mann der Träume angeln musste. Was die jetzt wohl sagen würde, wenn sie wüsste, dass Rika sich nachts aus fremden Hotelbetten stahl! Rika kicherte bei dem Gedanken, wie sie Astrid von ihrem nächtlichen Abenteuer erzählen würde. Natürlich würde sie die Pickel unterschlagen (denn wahrscheinlich war es doch Kevin gewesen) und nur um etwas Neid zu wecken, würde sie ihre Eroberung etwas toller schildern, als sie wirklich gewesen war. Groß und schwarzhaarig, mediterraner

Typ, so würde sie ihn schildern, genau wie der Mann, der dort ca. 30 m vor ihr in den Wellen lag. Dann würde Astrid staunen! Aber in ihrer Schilderung würde er nicht so hervorquellende Augen haben und es würde auch kein Messer in seinem Rücken stecken. Moment mal! Es dauerte einen Augenblick, bis es in Rikas Bewusstsein drang, was sie dort vor sich hinphantasiert hatte. Dann packte sie das Entsetzen, denn dort, am Strand von Patalavaca, mitten auf ihrer zauberhaften Insel, kräuselte sich das Wasser, vom lauen Wind bewegt, um eine waschechte Leiche.

* * *

Kommissar Morales hatte wohl seine eigene Meinung über Touristinnen, die nachts von einer leichten Duftwolke aus Restalkohol umgeben, Leichen aufspüren und dann in Hysterie verfielen. Jedenfalls stoppte er Rikas unzusammenhängendes Gestammel, das von heftigen Heulanfällen begleitet wurde, kurzerhand durch eine schallende Ohrfeige. Das half.

„Señorita, bitte, ich versuche einen Mord aufzuklären", versuchte Antonio Morales es noch einmal auf die ruhige Art. Er war noch sehr jung und dieses war sein erster Mordfall. Und dass es ein Mord war, sah man eindeutig an dem Messer. Das musste ja irgendwie in den Rücken der Leiche gekommen sein.

„Bitte, Sie müssen mir schon ein wenig helfen! Momentito, bitte", Kommissar Morales wandte sich einem aufgeregten Kollegen zu, der soeben mit Blaulicht auf den Strand gefahren war und ihm offensichtlich etwas mitteilen wollte.

„Wie bitte, noch ein Mord, deutsches Opfer? Was, Selbstmord? Wer?" Obwohl Rika recht gut Spanisch beherrschte, konnte sie nicht genau verstehen, was da gesprochen wurde, denn die beiden Polizisten hatten ihre Stimme gesenkt.

„Gisela Hartung, die deutsche Malerin? Dios!! Sieht nach Selbstmord aus? Niemals kann ich das glauben, ich kenne Gisela Hartung!"

Bei der Nennung des Namens lief Rika schreckensbleich auf Morales zu.

„Meine Mutter, meine Mutter?? Nein!" rief sie flehentlich und Antonio Morales überlegte gerade, ob diese Touristin schon wieder hysterisch wurde und er ihr eine zweite Ohrfeige geben musste als ihm einfiel, dass Gisela Hartung, die seit einigen Jahren auf der Insel lebte und wunderschöne kanarische Landschaftsbilder malte, ja tatsächlich eine Tochter hatte, die in Hamburg lebte, jedoch öfters ihre Mutter besuchte. Hin und wieder hatte er diese auch gesehen, wenn er mit seinen Kollegen Tapas an der Bar zu sich nahm. Ein kesses Früchtchen war die Tochter. Scherte sich niemals um Männerdomänen wie Thekengespräche über Fußball oder Politik. Als Ergebnis einer leidenschaftlichen Affäre Giselas mit einem Hamburger Kaufmann, war die Kleine vaterlos

aufgewachsen. So manches Mal nach 2, 3 Gläsern Rotwein hatte Gisela dem gut aussehenden Antionio Morales, der seinen Dienst gern in der Ducatos-Bar bei einer cerveza beendete, kleine Einblicke in ihr Leben gegeben. Dieses heulende Bündel sollte Giselas Tochter sein?
„Sie sind Gisela Hartungs Tochter? Ich kenne Ihre Mutter sehr gut. Jetzt wollen wir erst mal sehen, was an dieser Geschichte dran ist. Sie bringe ich aber erst einmal in die Clinica Roca, damit man Ihnen dort etwas zur Beruhigung gibt!"

* * *

Leon las den Artikel einen Tag später in der „Provincia". Er hatte sich gerade bei dem reichhaltigen Frühstücksbüfett bedient. Was aß man denn so als Inhaber einer großen Computerfirma, vielleicht noch ein wenig Lachs? Dann schlug er die Zeitung auf. Dort stand es in großen Schlagzeilen: „Deutsche Malerin begeht Doppelmord". Darunter: *„Gisela Hartung, die seit vielen Jahren auf Gran Canaria lebt, erdolchte letzte Nacht nach einem Streit ihren Freund. Zeugen bestätigen, dass es in der Nacht vom Samstag auf Sonntag zwischen beiden einen heftigen Streit in der Ducatos-Bar gegeben habe. Später bereute sie offensichtlich die Tat und setzte ihrem Leben ein Ende."*

Befriedigt köpfte Leon sein Frühstücksei und blätterte um. Das klappte ja besser als er gehofft hatte. Diese Geschichte klang doch sehr überzeugend. Wie praktisch, dass er Giselas Schönling noch umgebracht hatte, so konnte wirklich kein Verdacht auf ihn fallen. Er erinnerte sich noch, wie überrascht Gisela war, als er plötzlich in ihrem Haus stand. Sicher hatte sie noch ihren Freund für eine große Versöhnungsparty erwartet. Sie hatte kaum Widerstand geleistet, als er ihr mit einer Plastiktüte über dem Kopf die Luft abdrückte. Hinterher hatte er die bewusstlose Frau in die Küche gezerrt, ihren Kopf in den Backofen gelegt und das Gas aufgedreht. Interessiert las er weiter, doch bei den nächsten Zeilen blieb ihm der Mund offen stehen und gab dabei einen unschönen Blick auf sein halbzerkautes Ei frei. Mit zitternder Hand griff er nach seinem Orangensaft, warf jedoch das Glas um.

„Verdammt, verdammt!" Die anderen Hotelgäste warfen ihm missbilligende Blicke zu, als Leon mit der Faust auf den Tisch schlug. Was er in seiner Zeitung weiter las, machte alle seine Hoffnungen zunichte. Dort stand: „Gisela Hartungs Tochter, Rika Hartung, die gestern ebenfalls auf der Insel angekommen ist, bezweifelt den Freitod der Mutter." Leon pfefferte die Zeitung auf den Boden und stürmte aus dem Frühstücksraum. Er musste dringend Luft schnappen. Auf die Idee, dass Gisela ein Kind haben könnte, war er gar nicht gekommen. Aus der Traum. Jetzt würde das Erbe an Rika gehen. Das fehlte noch, wenn die kleine Rothaarige seine

Vorgesetzte würde. So niedlich sie auch war mit ihrem kleinen, festen sportlichen Körper, die Firma gönnte Leon ihr deshalb noch lange nicht. Wo war sie noch mal abgestiegen? Leon grübelte. Leider hatte er im Taxi ihrem Geplapper nicht richtig zugehört. Dazu war er zu sehr mit sich selbst beschäftigt gewesen. Er musste sie unbedingt wiedersehen. Musste herausfinden, ob sie schon etwas von der Erbschaft ihrer Mutter wusste. Und wenn? Ja, dann müsste er auch sie kalt machen. Das würde sich ergeben.

* * *

Antonio Morales war unzufrieden. Irgendetwas passte nicht an dieser Geschichte. Angewidert verzog er sein Gesicht als er den Rest des kalten Kaffees austrank. Er zertrat den Stummel seiner filterlosen Zigarette auf dem Boden, verschränkte die Hände hinter dem Kopf und dachte nach. Mit dem Fuß kickte er die Kippe unter den Stuhl seines Assistenten José, denn er wollte nicht den Ärger von Maria auf sich ziehen, die nachmittags immer die Polizeiwache reinigte. Sie konnte ziemlich unangenehm und laut werden und hasste es besonders, wenn der Fußboden als Aschenbecher verwendet wurde.
Da fiel ihm plötzlich ein, was ihn störte. Noch vor drei Tagen hatte er wie üblich auf seinem Rundgang mit Gisela Hartung geplaudert. Diese hatte ihm erzählt, wie sehr sie sich auf den Besuch der Tochter freute. Niemals, nein, niemals hätte

Gisela sich umgebracht, schon gar nicht an dem Tag, an dem ihre Tochter kommen sollte. Das passte nicht zusammen. Er zog noch einmal den Bericht des Arztes heraus. Gasvergiftung, die zum Tode geführt hat. Hautabschürfungen, die wohl bei dem Streit mit dem Liebhaber entstanden waren, und eine leichte Beule am Hinterkopf, die noch nicht so richtig ins Bild passte. Antonio schlug mit der Faust in seine offene Handfläche. Irgendetwas war hier oberfaul!

„José!" raunzte er seinen Assistenten an, der vor Schreck zusammenzuckte. „Bring mir mal die Post, die wir aus dem Hartung-Haus eingesammelt haben."

José brachte einen großen Umschlag, aus dem mehrere Briefe auf Antonios Schreibtisch purzelten. Dort war auch ein ungeöffneter Brief aus Hamburg dabei. Von einer Kanzlei R. & P. Kahl, Raboisen. Antonio bohrte seinen schlanken gebräunten Finger durch einen kleinen Schlitz in das Kuvert und riss den Umschlag auf.

„Liebe Frau Hartung", las er, „Wir bedauern sehr, Ihnen mitteilen zu müssen bla, bla, dass Herr Gerd Sievers, Geschäftsführer und Inhaber des Unternehmens Compulog, bla, bla, bla ... verstorben ist. Seinem letzten Wunsch entsprechend nehmen wir hiermit Kontakt mit Ihnen auf, um Sie davon in Kenntnis zu setzen, dass Sie in Würdigung Ihrer Freundschaft vor 26 Jahren, als Erbin für sein Privatvermögen eingesetzt wurden bla, bla, ... Bitte vereinbaren einen Gesprächstermin mit unserem Büro."

Versteinert blickte Antonio auf das Papier. Langsam formte sich in ihm ein erstes Begreifen. Gisela war, ohne es zu wissen, Erbin eines größeren Vermögens geworden. War es vielleicht sogar der Vater ihres Kindes Rika, der – ohne zu wissen, dass seine Liebe Folgen gehabt hatte – seinen Besitz der großen Liebe vermacht hatte? Plötzlich ergab alles einen Sinn. Wo viel Geld war, gab es auch immer viele Menschen, die dieses Geld haben wollten. Vielleicht war das die Lösung. Jemand hatte versucht zu verhindern, dass Gisela das Erbe antrat.

„José!!" Abermals zuckte dieser zusammen. Heute war es ihm wohl nicht vergönnt, einige Minuten Siesta zu halten. „Besorg mir sofort die Passagierlisten der letzten Tage, zuerst aller Maschinen aus Hamburg. Aber Avanti!" Während José sich in das Telefonbuch vertiefte um die Nummern der Fluggesellschaften herauszusuchen, kickte Antonio einen weiteren Stummel unter dessen Schreibtisch.

* * *

Mit klopfendem Herzen stand Leon vor Giselas Wohnung. Jetzt hing alles von seinem Charme ab. Rika öffnete ihm die Tür. Der Kummer über den Tod ihrer Mutter stand deutlich in ihrem Gesicht geschrieben. Trotz ihrer Bräune war die Haut blass und auch die Augen lagen tief und waren rot gerändert.

„Hi, Rika! Habe gehört, was passiert ist. In der Ducatos Bar haben sie mir die Adresse deiner Mutter gegeben. (Die ich sowieso schon längst kannte), fügte er für sich hinzu. Ich wollte dir unbedingt zur Seite stehen!" Leon heuchelte Mitgefühl, „hier hat deine Mutter gelebt?" Leon blickte sich um und tat, als stünde er zum ersten Mal in diesem Zimmer. Weinend warf Rika sich an seine Brust:

„Ich kann es immer noch nicht fassen, Leon. Ich bin auch eben erst aus der Clinica Roca entlassen worden. Ich bin immer noch vollgepumpt mit Beruhigungsmitteln. Warum hätte meine Mutter das tun sollen? Ich habe doch Samstag noch mit ihr telefoniert und sie steckte voller Pläne für unsere gemeinsame Zeit."

„Wie gut kanntest du eigentlich deine Mutter, Rika?" Immer noch wurmte es Leon, dass er bei seinen Nachforschungen überhaupt nicht bedacht hatte, dass Gisela ein Kind haben könnte. „Wo ist eigentlich dein Vater?"

„Ach weißt du" antwortete Rika „über meinen Vater hat Mutter nicht gerne gesprochen. Sie ist ihm in Hamburg begegnet, als sie 23 Jahre alt war. Ich glaube, sie hat für ihn als Sekretärin gejobbt. Er war verheiratet und hatte auch nie vor, seine Frau zu verlassen. Als sie schwanger wurde hat meine Mutter ihm nichts erzählt und sich von ihm getrennt. Sie wollte ihn nicht bedrängen oder vor die Wahl stellen, denn er hatte damals auch schon einen kleinen Sohn. Ich glaube, es war eine richtig, richtig große Liebe."

Leon versuchte, seine heftigen Eifersuchtsgefühle zu verdrängen, die plötzlich wie ein dicker Klumpen in seinem Magen lagen. Gerade war ihm klar geworden, dass da seine kleine Halbschwester vor ihm stand, von der niemand etwas wusste und wenn alles gut ging auch niemals jemand etwas wissen würde.

„Ja, hast du denn nie versucht, zu deinem Vater Kontakt aufzunehmen?" heuchelte Leon Interesse.

„Weißt du, ich glaube, es hat mich aus einer unbestimmten Sehnsucht nach Hamburg verschlagen, weil ich das Gefühl hatte, ihm dort nahe zu sein. Nähere Informationen habe ich aber nie gesucht, denn ich wollte mir nicht die Illusionen nehmen und es wäre Mutter auch nicht Recht gewesen."

„Du Arme. Aber ich habe mir vorgenommen, dich etwas abzulenken. Du bist ja nur noch ein Schatten deiner selbst. Was hältst du von einem kleinen Ausflug in die Berge? Dort kommst du schnell mal auf andere Gedanken."

„Eigentlich hatte ich mir vorgenommen, Mutters Papiere ein wenig zu sortieren. Ich dachte, vielleicht geben mir ihre alten Tagebücher ein wenig Aufschluss."

„Bloß nicht!", rief Leon „Ich meine, tu dir das doch nicht an. Die Wunden sind doch noch zu frisch." Das fehlte noch, dass Rika jetzt noch etwas über ihre Vergangenheit entdeckte.

„Na komm," halb musste Leon sie ziehen und lachend gab Rika nach. Sie schnappte sich ihre Windjacke, schloss die Haustür ab und gemeinsam rannten sie zum dem kleinen Peugeot, den Leon sich von einer Autovermietung geliehen hatte.

„Wo soll's denn hingehen, schöne Frau? Ich schlage eine Tour zum Roque Nublo vor."

„Okay, wahrscheinlich hast du Recht. Ich bin zu allen Schandtaten bereit. Fahren wir also los."

* * *

Antonio Morales hatte inzwischen anhand der Passagierlisten etwas entdeckt. Leon Sievers. Sievers. War das nicht der Name des verstorbenen Geliebten von Gisela? Und Leon, vielleicht sein Sohn, war gestern auf Gran Canaria gelandet? Das konnte kein Zufall sein. Mit einer Geschwindigkeit, die man dem ansonsten eher ruhigen Kommissar nicht zugetraut hätte, rannte er zu seinem Mercedes. Die Appartement-Anlage Casa del Paco war als Unterkunft angegeben. Das war nicht weit von hier. Diesen Sievers wollte er sich mal vorknöpfen.

„No, señor Sievers no esta aqui", teilte ihm die kleine Brünette an der Rezeption mit. Mist! Na dann mal auf zu Giselas Wohnung, dort wollte Rika die nächsten Tage verbringen. Vielleicht war er auf dem Weg dorthin. Denn blitzschnell war es Antonio klar geworden, dass Rika in großer Gefahr schwebte. War der Sohn so entschlossen, sein Erbe anzutreten, dass er vor einem weiteren Mord nicht zurückschrecken würde?

Gequält heulte Antonios zwölfjähriger Mercedes auf, als er das Gaspedal durchtrat. Eine Staubwolke zog hinter ihm her, als er sich in Richtung Cercado de Espino einordnete. Keine zehn Minuten später hielt er abrupt vor Giselas Haus. Er klingelte.

Keiner da. Mist! Er klingelte gleich noch einmal und hämmerte zur Bestärkung noch mit der Faust gegen die Tür. Gegenüber öffnete sich ein Fenster.

„Buenos dias, Señor Morales, die Señorita ist nicht da, sie ist mit einem finsteren jungen Mann fortgefahren. Ich hörte zufällig, dass sie zum Roque Nublo wollten mit einem blauen, kleinen Auto," informierte ihn die spanische Nachbarin von Gisela, stolz, ihr Wissen anzubringen. „Und das bei dem Wetter. Es ist Sturm aus Nordost angekündigt. Fahren Sie lieber hinterher."

„Nichts lieber als das. Danke Señora", Morales sprang kurzerhand wieder in seinem Wagen, der abermals aufjaulte und einen Satz vorwärts machte. Die ältere Nachbarin schüttelte wohlwollend den Kopf.

„Ach, diese jungen Leute. Immer so hitzig heutzutage" meinte sie und schloss das Fenster.

* * *

Zuerst hatte Rika die Fahrt genossen. Sie liebte es, die Fenster weit zu öffnen und sich den Wind um die Nase wehen zu lassen. So viel Freiheit hatte sie nicht mehr gespürt seit sie die Nachricht vom Tode der Mutter erhalten hatte. Es war, als fiel der Druck der letzten Stunden mit einem Mal von ihr ab und zum ersten Mal hatte sie das Gefühl, wieder ausreichend Luft zu bekommen. Sie stimmte ein fröhliches Liedchen an und Leon lachte immer, wenn sie falsch sang. Immer höher ging es in die Berge hinein. Während sie am Anfang noch vereinzelt durch kleine spanische Dörfer gefahren waren, wurde die Gegend nun langsam einsamer. Sie gewannen an Höhe. Das merkte Rika daran, dass die Außentemperatur empfindlich kälter geworden war. Sie zog ihre Windjacke an und kurbelte das Fenster hoch.

„Leon, bitte fahr doch etwas langsamer", beklagte sich Rika nun. Mir wird schlecht in den Kurven. Leon nahm etwas das Gas zurück. Er war zunehmend schweigsamer geworden. Irgendetwas bedrückte ihn.

„Was ist denn los?" fragte Rika ihn, „du warst vorhin viel lustiger. Ist das Fahren zu anstrengend für dich? Soll ich dich mal ablösen?"

Leon warf ihr einen Blick zu, der ihr nicht gefiel.

„Gute Idee, aber noch nicht gleich, etwas weiter oben, ja?"

„Okay", stimmte Rika zu. Leon wurde ihr langsam unheimlich und sie wäre gerne wieder zurückgefahren, wollte ihn aber nicht weiter verstimmen. Außerdem wurde sie langsam müde, die Beruhigungsmittel forderten ihren Tribut. Sie nickte ein.

Antonio hatte inzwischen gegen sämtliche Geschwindigkeitsregeln verstoßen, um die beiden einzuholen. Zum Glück führte nur eine Straße von hier zu dem gewaltigen Bergmassiv, das sich wie eine drohende Faust in der Mitte der Insel erhob. Der Weg dorthin war eng und gefährlich und die Gefahr groß, bei Unachtsamkeit in den tiefen Abgrund zu stürzen, der sich mal links, mal rechts von der Straße erstreckte. Diverse rostige Autowracks unten in der Schlucht sprachen eine deutliche und drohende Sprache.

„Hola, señor", rief er einem Ziegenhirten zu, der auf einem großen Felsstück saß, das vor Monaten während eines Sturms einfach so auf die Straße gekracht war und danach nur notdürftig mit einem Bagger an den Straßenrand geschoben worden war. „Hola, haben Sie zufällig einen blauen Wagen in Richtung Roque Nublo gesehen?"

„Si", rief der Ziegenhirt zurück „Hatten's mächtig eilig. Der Mann hätte mich beinahe überfahren. Ist noch nicht lange her."

„Danke, señor" Antonio kurbelte die Scheibe wieder hoch. Er durfte keine Sekunde verlieren.

* * *

Der blaue Peugeot raste etwas weiter oberhalb die schmale Straße entlang. Hin und wieder fetzten sie durch eine feuchte, tief hängende Wolke. Rika schlief einen unruhigen Schlaf. Plötzlich weitete sich das Bergmassiv. Vor ihnen erstreckte sich in hellem Sonnenschein der Barranco de Soria. Direkt neben der Straße fiel die Schlucht ab. Mindestens 400 m ging es da in die Tiefe. Häuser gab es hier weit und breit nicht mehr. Leon zog die Luft ein. Hier sollte es geschehen. Rika war so benommen von ihren Beruhigungsmitteln, sie würde keinen großen Widerstand leisten.

„Du, Rika", er rüttelte sie sanft wach, „du wolltest mich doch ablösen, ich kann jetzt einfach nicht mehr fahren." Eigentlich schade, so ein nettes flottes Schwesterchen, dachte Leon, aber nützt ja nichts.

„Ich bin zu müde, später, vielleicht, lass uns etwas schlafen", murmelte Rika.

„Nix, da. Rutsch rüber", forderte Leon sie mit autoritärer Stimme auf.

„Na gut", Rika schob ihren Körper auf den Fahrersitz. Sie versuchte, ihren Blick auf einen Fixpunkt zu konzentrieren, aber noch verschwamm ihr alles vor Augen. Langsam gelang es ihr, durch den Nebelschleier vor ihren Augen zu sehen. Sie waren ja gar nicht mehr in einer Wolke. Ach ja, und da war die Straße.

„Na dann mal los", mit forcierter Fröhlichkeit legte Rika den Gang ein. „Schnall dich an Leon. Ja, guck nicht so, schnall dich bitte an", sagte sie.

Leon kam ihrer Aufforderung nicht nach. Rika zuckte die Schultern und lenkte den Peugeot auf der Straße weiter. Von ihrem Aussichtspunkt führte die Straße in steilen Serpentinen bergab. Oha, die Kurve hatte Rika mit etwas zu viel Geschwindigkeit genommen. Beinahe wäre sie in die Büsche gefahren. Leon blickte Rika von der Seite an. Er musste vorsichtig sein und durfte nicht zu lange warten. So benommen, wie Rika noch war, könnte es sein, dass sie von selbst einen Unfall baute und ihn mit in die Tiefe riss. Am besten würde es sein, Rika bewusstlos zu schlagen und sich dann schnell aus dem fahrenden Auto zu werfen, bevor dieses in die Schlucht stürzte. Falls, er betonte in Gedanken falls, man Rika irgendwann finden würde, würde die eine Beule auch nicht mehr auffallen. Er befingerte den Stein, den er während der kurzen Rast unter den Beifahrersitz vor ihn geschoben hatte. Am besten würde er es jetzt machen, denn hier konnte er noch gut aus dem Wagen springen. Spätestens in der nächsten Kurve würde der Wagen dann von ganz allein mit einer betäubten Rika am Steuer in der Kurve weiter geradeaus und dann steil nach unten fahren. Leon würde sich zu Fuß in das nächste Dorf schleppen (hoffentlich war es nicht zu weit) und den „Unfall" melden.

Antonio kniff die Augen zusammen. Richtig dort ganz hinten konnte er jetzt den blauen Wagen erkennen. Er gab Gas. So schnell war er in seinem Leben noch nicht gefahren, obwohl er sich immer Mühe gab, es den großen Rennfahrern gleichzutun. Nun konnte er erkennen, dass der Wagen unsicher fuhr. Manchmal zu dicht am Rand, manchmal zu dicht am Felsgestein.
„Dios", dachte er, „lass mich zur rechten Zeit kommen". Er drückte das Pedal durch und nahm ein halsbrecherisches Tempo an. Immer näher rückte das Fahrzeug vor ihm heran. Mit Glück würde er unentdeckt bleiben. Nun konnte er deutlich die Insassen des Wagens vor ihm sehen. Rika fuhr und Leon beugte sich herunter. Offensichtlich wollte er irgendetwas aus seiner Tasche oder vom Boden aufheben.

Antonio sog heftig die Luft ein, als er erkennen konnte, dass Leon in der rechten Hand einen ziemlich großen Stein hielt. Die ganze Szenerie gefror plötzlich vor seinen Augen und er wusste instinktiv, dass im nächsten Augenblick ein Mord passieren würde.

Hier! Blitzartig erkannte Leon seine Chance. Ein paar hundert Meter vor ihm, die scharfe Rechtskurve, die würde Rika nicht mehr nehmen können. Statt dessen würde sie geradeaus über den Aussichtspunkt rauschen, einen Moment fliegen, und dann würde das Vögelchen abstürzen. Sie hätten sich gestritten würde er erzählen, genau, und sie hätte ihn abgesetzt und wäre allein weiter gefahren. Leon hob den Stein und schmetterte ihn über Rikas Kopf, dann warf er sich aus der Beifahrertür, landete unsanft im Gebüsch, rollte noch ein paar Mal und verlor das Bewusstsein.

Antonio erfasste die Situation blitzschnell, als sich Leon aus dem Auto vor ihm rollte. Beide Wagen rasten jetzt nebeneinander auf den Aussichtspunkt zu, wo die Straße sich zu einer Ausbuchtung weitete. Antonio trat unbarmherzig das Gaspedal seines Mercedes bis zum Anschlag herunter. Genau und nur auf dieser ca. 100 m langen Ausbuchtung konnte er den Peugeot überholen. Sand und Steine spritzen durch die Luft als Morales auf den breiten Streifen schoss und das Steuer nach rechts riss. Durch das Fenster des Peugeot konnte er sehen, dass Rika auf dem Lenkrad zusammengesunken war. Aus einer Kopfwunde floss Blut. Ohne nachzudenken drückte Antonio mit seiner rechten Fahrzeugseite gegen den wesentlich leichteren Peugeot. Im letzten Moment wurde dieser von seiner tödlichen Spur abgelenkt und von Antonios Wagen weg vom Abgrund nach rechts geschoben. Krachend knallten beide Wagen in eine Gruppe kleiner Drachenbäume.

Wenig später erwachte Leon auf dem Rücksitz von Antonios verbeultem Mercedes. Er war mit Handschellen an die Autotür gefesselt. Missmutig beobachtete er, wie Antonio zärtlicher als nötig Rikas Wunden versorgte.

* * *

„Guten Morgen, Frau Hartung! Möchten Sie jetzt einen Kaffee? Hier ist die Zeitung. Und die Besprechung ist auf 11.00 Uhr verschoben." Das war etwas, woran Rika sich erst noch gewöhnen musste. Seit sie das Erbe ihres Vaters vor drei Wochen angetreten war, stand ihr eine Sekretärin zur Seite, die sehr bemüht war, ihr den Einstieg in die fremde Welt zu erleichtern.
„Danke, Frau Seidel, gerne Kaffee. Nehmen Sie sich doch bitte auch einen und setzen sich zu mir. Erzählen Sie mir doch noch etwas mehr über mein Unternehmen."
Noch konnte Rika es nicht richtig fassen, die letzten Wochen waren wie ein Film an ihr vorbeigerauscht, in dem sie aus

irgendeinem Grund die Hauptrolle spielte. Ihr Abenteuer auf Gran Canaria hatte sie zum Glück mehr oder weniger unbeschadet überstanden, dank Antonio. Nicht zu fassen, dass er sein Leben für sie riskiert hatte. Und wie gut er aussah mit seinen lakritzschwarzen, halblangen Haaren. Rikas Wangen röteten sich leicht. Er hatte sie gefragt, wann sie wieder nach Gran Canaria käme! Rika strahlte vor sich hin. Frau Seidel, einen Stenoblock auf dem Schoß, lächelte sie verständnisvoll an. Man hatte ihr ja gesagt, dass ihre Chefin einen Schlag auf den Kopf erhalten hatte.

Und noch einige andere Gerüchte hatten gemeinsam mit Rika, wie ein frisches canarisches Lüftchen, die Firma betreten. Der Sohn des Chefs lag scheinbar mit etlichen Knochenbrüchen und einer Kopfverletzung im Gefängniskrankenhaus. Sobald er gesund war, würde ihm eine Gerichtsverhandlung wegen zweifachen Mordes drohen. Als Junior Sievers, wie er von den Kollegen genannt wurde, erfahren hatte, dass sein Vater die ehemalige Geliebte Gisela Hartung nur für sein Privatvermögen als Erbin eingesetzt hatte und nicht, wie er geglaubt hatte als Alleinerbin auch für die millionenschwere Computerfirma, war er zusammengebrochen. Dieser Irrtum würde ihn etliche Jahre im Gefängnis kosten. Und um sein Erbe hatte er sich auch gebracht. Das ging jetzt alles an Rika als einzige Nachfahrin. Er hatte die Morde bereits gestanden.

Rika sammelte ihre Unterlagen für die Besprechung zusammen. Ein ganzer Haufen neuer Anforderungen lag nun vor ihr. Die Kollegen und auch der alte Jörgens waren zwar nett, auch Dr. Mettner war sehr bemüht, ihr Zahlen und Fakten der Unternehmensführung verständlich aufzubereiten, aber Rika war sich sicher, dass sich einige wie Hyänen auf sie stürzen würden, sobald die Schonzeit vorüber war. Sollten sie doch, sie war bereit, die Herausforderung anzunehmen.

Ihr ohnehin schon turbulentes Leben war in den letzten Wochen in einen regelrechten Wirbelwind geraten. In dieser kurzen Zeit hatte sie ihre Mutter verloren, hatte den Namen ihres Vater erfahren, dieser war aber auch schon tot, sie war quasi binnen kurzem Vollwaise geworden, hatte ihren Bruder kennen gelernt, der saß jetzt im Knast. Und sie hatte einen sehr, sehr netten spanischen Mann kennen gelernt. Der lebte noch. Ihre kleine Welt war ordentlich auf den Kopf gestellt worden, aber jetzt war sie hier. In ihrer eigenen Firma. Und das war gut so. Sie reckte das Kinn und öffnete die Tür zum Besprechungsraum.

Mord in Weiß

Nur langsam konnte Sonja den Blick vom Horizont lösen, wo nun das spanische Festland allmählich in die Dämmerung eintauchte. Die Motoren des Dreamliners brummten ruhig vor sich hin und sie wandte sich in Richtung Speisesaal.
Wo war denn nur ihr Tisch? Sonja schaute sich um. Hoffentlich in der Nähe der Bühne, denn der Gitarrist, der sie vom Plakat angestrahlt hatte, gefiel ihr ausnehmend gut und sie hätte ihn gern zwischen Krabbensalat und Wassermelonensorbet weiter begutachtet. Das Schiff schwankte ein wenig, oder lag das an dem Wodka, den sie eben schon an der Bar genossen hatte? Sonja umrundete einige Tische, bis sie sich etwas unelegant auf ihren zugewiesenen Sitzplatz fallen ließ. Dann erinnerte sie sich jedoch ihrer besseren Manieren und begrüßte eine ältere Dame in einem weißen Hosenanzug, die sich bereits ebenfalls an dem 8er Tisch niedergelassen hatte. Die blütenweiße Leinenserviette hatte sie schon in Erwartung der Vorsuppe auf ihren Beinen ausgebreitet. An ihrem Arm klimperte leise ein goldenes Armband mit Rubinanhängern.

„Ich bin zum allerersten Mal auf einer Kreuzfahrt", vertraute Sonja ihrer Sitznachbarin an. „Ich finde alles so aufregend."
„So? Na ja, beim ersten Mal ist es wohl so. Obwohl, in diesen Breitengraden bin ich auch zum ersten Mal. Sonst reise ich immer mit den Pazifiklinern." Sie strahlte einen jungen Mann an, der auf den Tisch zutrat und sich pflichtschuldig über ihre reich beringte, faltige braune Hand beugte. „Guido, mein Neffe", stellte sie ihn Sonja vor. „Er ist leider vom anderen Ufer, also machen Sie sich keine Hoffnungen". „Tante Gisela!" empört funkelte Guido die ältere Dame an und Sonja hatte irgendwie das Gefühl, dass sie Zeugin eines oft aufgeführten Witzes wurde. Inzwischen waren alle Plätze des Tisches belegt und die Band spielte einen Begrüßungs Jingle.

Während die Passagiere eine Blumenkohlcremesuppe mit Basilikumcroutons löffelten, schwang sich der Erste Offizier auf die Bühne, schnappte sich ein Mikro und lächelte über das ganze Parkett. Sein weiß gestärkter Anzug und die blank polierten Knöpfe reflektierten das bunte Licht der Diskokugel. Sonja zuckte zusammen als ihre Sitznachbarin in einen plötzlichen Hustenanfall ausbrach und zu ihrer Serviette griff. „Herzlich Willkommen an Bord der Miamar!", schmetterte er über die Köpfe hinweg. „Mein Name ist Bogdan und ich bin Ihr Erster Offizier hier an Bord. Ich bin sicher, dass Sie diese Kreuzfahrt zu den kanarischen Inseln genießen werden. Für mich hat diese Passage eine ganz besondere Bedeutung, denn ich habe die Ehre, hier anstelle von Kapitän Sick zu stehen. Nachdem ich auf diesem Schiff 12 Monate als Erster Offizier gefahren bin, wird er mir nach erfolgreichem Abschluss dieser Reise mein Kapitänspatent überreichen. Also machen Sie mir keinen Ärger…" hier lachte er laut über seinen Scherz, „denn mit dieser Würde werde ich einige Streifen mehr auf meiner Uniform haben! Ich darf mit Ihnen gemeinsam das Glas erheben auf eine glückliche Reise." Breit lächelnd hob er den Arm mit einem Sektglas, das ihm soeben gereicht worden war, in Richtung seiner Zuhörerschaft, nickte jedem Tisch einzeln zu und leerte das Glas in einem Zug aus. Dann sprang er von der Bühne, begrüßte kurz einige Gäste, die er offensichtlich von vorherigen Reisen kannte und verließ den Speisesaal. Die Gäste tranken ihm ebenfalls zu und nach und nach schwoll die Geräuschkulisse wieder an. Die 5köpfige Band spielte ein Tanzlied aus den 40er Jahren und emsige Kellner sammelten die geleerten Suppenteller wieder ein.

„Toller Hecht, unser Herr Erster Offizier. Noch mal Prost", rief ein etwas dicklicher Mann, der Sonja gegenüber saß. Tante Gisela schnaubte verächtlich, aber Sonja fiel auf, dass sie plötzlich sehr blass aussah. Vielleicht war die ältere Dame doch nicht so seefest, wie sie vorgab. Der rotgesichtige Berliner schaute beifallheischend in die Runde. Der Begrüßungssekt war offensichtlich nicht das erste alkoholische Getränk, das er genossen hatte. Er patschte seiner Ehefrau auf den Oberschenkel, worauf diese ihren

Mund verzog. Dann zwinkerte er Sonja leutselig zu. „Heiße übrigens Faber. Joachim. Und das ist Monika, mein Frauchen". Nach und nach stellten sich alle Tischnachbarn vor. Neben Herrn Faber und seiner Frau saß ein Ehepaar aus der Schweiz mit ihrer mürrisch dreinblickenden Tochter, die sich als Familie Gisler vorstellten. Frau Gisler war bereits in einem Gespräch mit Guido vertieft und die Tochter starrte auf ihre Hände, die groß und ungelenk waren und unsicher mit der Serviette spielten. Hin und wieder spähte sie unter ihren gesenkten Wimpern auf das schimmernde Rubinarmband von Gisela.

Sonja lehnte sich zurück und lächelte. Sie freute sich unbändig auf diese Mini-Kreuzfahrt zu den kanarischen Inseln, die ihr so kurzfristig in den Schoß gefallen war. So sehr ihre Schwester ihr Leid tat, die jetzt mit einer Grippe im Bett lag, so sehr freute Sonja sich über das Ticket, das diese ihr geschenkt hatte. Sie ließ den Blick über ihre Mitreisenden schweifen. Guidos Tante Gisela war eben an die frische Luft gestürzt, was ihn nicht zu stören schien. Er hatte seine Unterhaltung mit Frau Gisler unterbrochen, um den nächsten Gang zu erwarten. Sonja faltete ihre Serviette, erhob sich und ging in Richtung Vordeck. Wenn es Tante Gisela nicht gut ging und ihr ignoranter Neffe sich nicht kümmerte, würde sie der älteren Dame ihre Hilfe anbieten.
Doch als Sonja auf das Vordeck hinaustrat, war sie alleine. Sonja sog gierig die kühle Nachtluft ein, die samtig und

würzig roch. Sie lehnte sich über die Reling und betrachtete das schaumige Wasser unter ihr. Dann zündete sie sich eine Zigarette an und genoss die Stille. Stille? Nein, aus der Richtung des Seitendecks hörte sie erregte Stimmen, dann sah sie eine weiße Figur, die eilig in Richtung Kabinendecks ging. Ein weiterer weißer Schatten entfernte sich in die andere Richtung. Sonja warf die Zigarette ins Meer und gesellte sich wieder an ihren Tisch.

„Ich glaube, Ihre Tante ist auf die Kabine gegangen", wandte sie sich an Guido. „Sie war vorhin recht blass, wollen Sie nicht mal nach ihr sehen?"

„Ja, aber erst nach dem Essen. Ich lasse doch das Lammfilet deswegen nicht kalt werden". „Na toll", dachte Sonja, „netter Neffe."

* * *

Drei Decks tiefer kratzte ein Füller über den Block mit dem Logo des Schiffes. Erst als das Blatt komplett mir ihrer spinnenartigen Handschrift gefüllt war, lehnte sich Gisela erschöpft zurück. Tiefe Linien hatten sich um ihren Mund gegraben. Sie ließ ihren Blick lange auf einem Foto in einem Silberrahmen ruhen, ohne das sie keine Reise unternahm. Dann faltete sie langsam das Blatt und ließ es in einen Umschlag gleiten, den sie anleckte und zuklebte. Erschöpft legte sie sich auf das Bett und schlief ein ohne sich auszukleiden.

Am nächsten Morgen hatten sich die Wolken verzogen und das Schiff glitt ruhig dahin. Die Sonne spiegelte sich im glitzernden Wasser und im Gegensatz zum gestrigen Tag war das Vordeck heute gut besucht. Um den Pool signalisierten bereits viele Liegen durch dicke Frotteehandtücher, dass sie reserviert waren und Sonja war froh, in der zweiten Reihe noch einen freien, sonnigen Platz zu erspähen. Tante Gisela trug eine bunte Tunika und hatte ihren hageren Körper auf einer Liege im Schatten ausgestreckt. Ihre Haare waren unter einem roten Turban verschwunden. Sonja hätte sie beinahe nicht erkannt, wären da nicht das auffällige Armband und die vielen Ringe gewesen.

Guido war nirgendwo zu sehen. Sonja dachte daran, wie sie gestern Abend nach dem Dinner in der Bar noch mit ihm getanzt hatte. Beide hatten großzügig dem spanischen Rioja zugesprochen und ihre Körper hatten sich beim improvisierten Tango mühelos aneinander geschmiegt. Sie hatte ihn gefragt, ob sein Partner auch auf dieser Reise war, aber Guido hatte nur genervt mit den Augen gerollt. Offensichtlich schlief Guido jetzt noch und auch Sonja wurde langsam wieder müde.

Ihr Blick fiel auf Familie Gisler, die mit großen Taschen bewaffnet an ihrer Liegestuhlreihe in Richtung Pool vorbeizogen. Sonja zog sich ihren geblümten Stoffschal über die Augen und langsam lullte die Sonne sie in den Schlaf.

Plötzlich wurde sie von lauten Rufen geweckt. Eine große Ansammlung von Passagieren hatte sich an der Backbordreling des Schiffes versammelt. Frau Faber, das Frauchen des dicken Berliners schwankte und weinte leise vor sich hin. Sonja stürzte zu der kleinen Gruppe und spähte ebenfalls über den Rand. Eine puppenhaft verdrehte Figur mit bunter Tunika lag zwei Decks unter ihnen. Der Hals war in einem unnatürlichen Winkel nach hinten geknickt und der rote Turban hatte sich gelöst. Ihr rechter Arm war nach hinten verdreht, als habe sie beim Fallen noch Halt hinter sich gesucht. Der Tod war für Gisela überraschend gekommen. Sonja wurde schwindelig und sie sah sich nach Guido um. Er saß zusammengekauert auf einer Liege. Behutsam legte Sonja den Arm um ihn.
„Ich fühle mich so schuldig, Sonja", stammelte er. Ich habe gestern gar nicht mehr nach ihr gesehen. Wenn sie nun krank war und deshalb gestürzt ist...das könnte ich mir nicht verzeihen. Ich weiß gar nicht, wie ich das Giselas Tochter Sofia beibringen soll."
„Mensch, Guido, vorhin ging es ihr doch noch gut. Mach dir keine Vorwürfe. Komm' mit, ich muss etwas überprüfen". Sie ergriff seine Hand und zog ihn hinter sich her. Zwei Decks tiefer drängte sie sich mit ihm hinter die Absperrung und erhaschte einen genaueren Blick auf den leblosen Körper von Gisela. Guido wurde bleich.
„Was soll das, Sonja, lass sie doch in Frieden!"
„Fällt dir etwas auf, wenn du ihren rechten Arm betrachtest?"

„Nein, sie ist genau darauf gefallen und hat ihn wohl gebrochen."

„Siehst du ihr Armband? Vorhin hatte sie es noch. Ich weiß es 100%ig, denn ich habe es genau gesehen. Nun ist es weg. Guido, sie ist bestohlen worden, sie ist wahrscheinlich deswegen ermordet worden."

„Das glaube ich nicht! Was für eine furchtbare Sache!"

„Ich habe da so einen Verdacht, ich weiß, wer sich sehr für das Armband interessiert hat. Komm mit." Wieder schnappte Sonja sich Guidos Hand und zog ihn von dem traurigen Anblick seiner Tante weg, die jetzt mit einer Schiffswolldecke bedeckt auf einer Bahre abtransportiert wurde. Hunderte von Augenpaaren drängten sich über die darüber liegenden Decks und verfolgten Giselas Abtransport. Währenddessen waren Sonja und Guido wieder zwei Decks hoch zu den Liegestühlen geeilt, wo Sonja nun hinter der Liege der Gislers hockte und in den verschiedenen großen Taschen der Familie wühlte. Familie Gisler stand noch vorne an der Reling und diskutierte mit den anderen Reisenden über das tragische Ereignis. Als Frau Gisler in Richtung ihrer Liegestühle schaute, versetzte Sonja Guido schnell einen heftigen Tritt, so dass dieser auf die Knie fiel und von dem schräg stehenden Sonnenschirm vor ihren Blicken verborgen wurde.

„Autsch", zischte er, „das hat jetzt echt weh getan! Was machst du da überhaupt?"

Triumphierend zog Sonja aus einer geblümten großen Gobelintasche das Rubinarmband hervor.

„Das hier – wer immer das geklaut hat, hat auch deine Tante umgebracht!"

"Was erlauben Sie sich!" Drohend stand Herr Gisler über Sonja, "geben Sie sofort die Tasche meiner Tochter her!" Und er riss ihr die Tasche aus der Hand, wobei einige Gegenstände heraus fielen. Sonja traute ihren Augen nicht, als eine Perlenkette, mehrere Ohrringe, zwei silberne Serviettenringe und eine Brieftasche auf das Deck kippten. Herr Gisler fiel in sich zusammen als wäre die Luft aus ihm herausgelassen worden.

"Bitte zeigen Sie Margot nicht an", sagte er kleinlaut. "Es ist eine Krankheit, aber meine Frau und ich geben immer alles wieder zurück, was Margot an sich nimmt. Bitte, hier ist das Armband ihrer Tante. Nehmen Sie es zurück."

Mitleidig nickte Guido Herrn Gisler zu und drehte das kostbare Rubinarmband in seinen Händen.

"Ich werde es Sofia als Erinnerung an ihre Mutter mitbringen", sagte er.

"Erzähl mir von Giselas Tochter", bat Sonja ihn leise am nächsten Morgen.

"Es ist schon einige Jahre her, Sofia war erst 17 Jahre alt, da lernte sie bei einem Tanzabend einen Studenten der Seefahrtschule Elsfleth kennen. Sofia schien so glücklich mit ihm zu sein. Aber dann wurde sie schwanger. Ihr Freund wollte sie nach Beendigung seiner Schiffs-Offiziersausbildung heiraten aber die Anrufe wurden seltener und plötzlich war er verschwunden. Nun, sie hat das Baby bekommen, ein gesunder Junge, aber so sitzengelassen zu werden, hat sie fürchterlich mitgenommen. Gisela hat sie damals sehr unterstützt. Ich wünschte, Sofia hätte sie an ihrem letzten Abend gestern noch erleben können."

"Es wird für sie sicher eine Weile dauern, darüber hinwegzukommen. Du könntest ihr doch von der Fotowand ein schönes Erinnerungsfoto von Gisela mitbringen. Ich glaube, der Bordfotograf hat schon einige fertig. Hier hängen sie auch schon. Lass uns doch mal gucken, ob deine Tante irgendwo mit abgebildet ist."

"Hier kommen wir an Bord und werden von dem Kapitän begrüßt. Das ist ein schönes Bild."

"Stimmt. Und hier sitzen wir an unserem Esstisch. Guck' mal, wo der Faber seine Hand hat!" Beide kicherten. Sonja drückte schnell Guidos Hand. Sie war froh, dass er heute nicht mehr ganz so deprimiert war. Gestern hatte sie so gut es ging versucht, ihm über den Schock hinwegzuhelfen, aber der Tod von Gisela hatte wie ein trüber Schatten über ihnen geschwebt und auch die übrigen Mitreisenden fanden erst im Verlauf des späten Abends und nach reichlich Alkoholgenuss ihre ausgelassene Stimmung wieder.

Sonja zeigte auf die zweite Tafel, wo der Fotograf die Fotos des vorigen Tages aufgehängt hatte.

"Guck mal, hier hat er mich auf der Liege erwischt".

"Ich würde ihn verklagen", neckte Guido sie, worauf Sonja ihm einen heftigen Stoß in die Rippen versetzte."

"Du hast ja keine Ahnung, was gut ist", erwiderte sie. "Aber guck' mal hier, ist das nicht unser schmucker Erster Offizier ganz klein da hinter dem Fenster? Der ist wahrscheinlich eher etwas für dich, oder?"

"Was ist denn das für roter Hut, da hinter ihm?" Guido ging dichter an das Bild heran, "das ist doch, das sieht ja aus als wäre das Tante Gisela. Was macht sie denn bei dem Bogdan?" Sonja und Guido starrten sich an.

"Das muss dann ja kurz vor ihrem Sturz gewesen sein", stammelte Guido, "und das müsste auch ungefähr die Stelle sein, an der sie über das Geländer gestürzt ist."

"Und sie war kurz vorher bei Bogdan, warum? Erinnerst du dich an unseren ersten Abend, wo sie so blass und aufgewühlt war. Da hatte sich doch kurz vorher der Bogdan vorgestellt. Und als ich später an Deck war, habe ich sie mit jemandem heftig diskutieren hören, vielleicht war das ja auch Bogdan. Wie sagtest du hieß der Typ von der Offiziersschule, der deine Cousine mit dem Baby hat sitzen lassen?"

"Jedenfalls nicht Bogdan. Und er hatte die Laufbahn ja auch geschmissen. Als er erfuhr, dass Sofia ein Kind erwartet, hat er alles stehen und liegen lassen, hat Tante Gisela erzählt. Und ward nicht mehr gesehen!" Wieder starrten sie sich an.

"Wir müssen in die Kabine deiner Tante", sagte Sonja entschlossen. "Hast du noch den Zweitschlüssel?" Guido nickte.

Gemeinsam eilten sie die Metallstiegen zu Giselas Kabine hinunter. Guido steckte den Schlüssel ins Schloss, doch er ließ sich nicht drehen. Vorsichtig drückte er die Klinke herunter. Die Tür schwang leise nach innen auf.

Ein weißer Anzug mit polierten Knöpfen, der bis eben noch über das Foto auf dem Nachttisch gebeugt war, richtete sich nun ruckartig auf. Bogdan, der Erste Offizier!
Blitzschnell zog er eine Pistole und knallte sie Guido über die Stirn. Guido sackte zusammen. Sonja erstarrte, als Bogdan die Pistole direkt auf ihr Gesicht richtete.
"Legen Sie die Waffe weg", schrie sie. Wir wissen über Sie Bescheid und der Kapitän ist informiert! Sie haben eine unschuldige Frau auf Ihrem Gewissen!"
"Unschuldig!?", Bogdan spie das Wort. Von seiner jovialen Art war nicht mehr viel übrig. "Sie wollte alles ruinieren! Dabei ist es schon Jahre her, dass ich mit ihrer Tochter zusammen war", wütend schüttelte er das Foto im Silberrahmen. "Und jetzt drohte sie mir damit, überall herumzuerzählen, dass ich gar kein Offizierspatent habe. So ein blöder Zufall, dass sie ausgerechnet auf diesem Schiff mitfuhr."
"Wie haben Sie es denn überhaupt geschafft, so weit die Karriereleiter heraufzuklettern ohne die Papiere? Und wieso nennen Sie sich Bogdan?" Aus den Augenwinkeln sah Sonja, dass Guido sich vorsichtig aufrichtete. Auf seiner Stirn klaffte eine große Wunde.
"Ich habe damals auf einem heruntergekommenen Frachtschiff angeheuert. Wollte bloß noch weg. Und der Kapitän dort, Bogdan, hat mir sein altes Offizierspatent

gezeigt...", erinnerte Bogdan sich. "Hat es mir für billiges Geld verkauft. In der selben Nacht ist er über Bord gegangen." Er grinste hämisch. "Und das werdet ihr beiden jetzt auch. Los, beweg dich!"

Krach! Mit einem kräftigen Tritt stieß Guido von hinten in Bogdans Kniekehlen und brachte ihn zu Fall. Dann warf er sich über ihn, griff in seine Haare und während er Bogdans Gesicht in den fransigen Teppich der Kabine drückte, rammte er ihm sein Knie in den Rücken. Gleichzeitig hatte Sonja bereits Hilfe geholt, so dass Bogdan innerhalb kürzester Zeit überwältigt und abgeführt wurde.

* * *

"Den Trick mit den Kniekehlen habe ich von dir", grinste Guido später. Beide saßen an Deck und sahen zu, wie das Kreuzfahrtschiff langsam in den Hafen von Las Palmas einlief. Mehrere Polizeifahrzeuge warteten bereits mit Blaulicht auf der Mole. Sonja erhob ihr Glas und sagte:

"Auf Tante Gisela, wo immer sie jetzt ist."

"Sie war schon eine bemerkenswerte Frau", seufzte Guido. "Nur in einem Punkt hat sie immer gelogen, um mich auf unseren Reisen ganz für sich zu haben."

Und er beugte sich zu Sonja, strich ihr zärtlich über das Gesicht und küsste sie auf den Mund.

Der Tod kann warten

Februar - Grippezeit. Durch das Fenster sah Anna den Postboten, der einen länglichen Umschlag in ihren Briefkasten schob. Vermutlich wieder eine Rechnung, die sie vorerst nicht bezahlen konnte, dachte sie. Sie zog noch einmal den Gürtel von ihrem Bademantel fest, und lugte durch die Gardine, ob auch keiner der Nachbarn sich auf der Straße herumtrieb, denn sie sah heute jämmerlich aus. Ihr Hals war dick geschwollen, ebenso die Nase. Und die Augen sahen aus wie rote Geleebonbons zu Ostern. Die Grippe, das war Anna klar, beeinflusste ihr Äußeres nicht gerade positiv. Aber die Luft war rein. Schnell schloss sie den schmalen Briefkasten auf und nahm den Umschlag heraus. Sie nieste zweimal kräftig in den Briefkasten und schloss ihn wieder zu.

Dieser kleine Gang hatte sie derart entkräftet, dass sie sich auf den Küchenstuhl sinken ließ und erst einmal die Tasse Tee austrank, bevor sie sich erneut dem Umschlag zuwandte. Zwei violette spanische Briefmarken zierten ihn. Neugierig geworden piekste Anna ihren Teelöffel in den seitlichen Schlitz des

Umschlags und riss ihn auf. Zwei mit krakeliger, großer Schrift bedeckte, auf altmodische Weise gefaltete dünne Blätter fielen heraus.

> *„Liebes Kind", las sie „du wirst dich vielleicht wundern, heute einen Brief von mir zu erhalten. Ich weiß, dass meine liebe und ach so fromme Tochter Ruth dir mit Sicherheit erzählt haben wird, dass ich schon lange gestorben bin. Schon als sie ein Kind war, hatte sie das Talent, unangenehme Wahrheiten so zu biegen und verdrehen, wie es ihr passte. Und dass ich damals mit Luis nach Gran Canaria ausgewandert bin, das hat sie mir nie verziehen. Wie dem auch sei, deine Großmutter Paula lebt also noch. Natürlich wirst du dich nicht mehr an mich erinnern können, du warst noch ein Kind, als ich das letzte Mal bei euch in Hamburg war. Der Grund meines Schreibens: Ich fühle mich alt und allein und bitte dich, mir für eine Weile Gesellschaft zu leisten. Wenn du auch nur ein bisschen von Ruths Geschäftssinn geerbt hast, wirst du dieses Angebot nicht ausschlagen, denn ich werde dir sowohl die Reise als auch ein angemessenes Taschengeld während deines Aufenthaltes hier zahlen. Alles worum ich dich bitte ist, dass du mir hilfst, meine Erinnerungen aufzuschreiben. Ich bin jetzt oft so müde und ich weiß nicht, wie viel Zeit mir noch bleiben wird. Wer wäre dazu besser geeignet als mein eigen Fleisch und Blut. Für dich, meine Liebe, dürfte dies eine interessantere Aufgabe sein*

als die vielen langweiligen Artikel, die du über noch langweiligere Berühmtheiten verfasst. Oh ja, auch ich lese Zeitschriften und verfolge deine journalistische „Karriere", was auch immer man darunter verstehen will, mit Interesse. Teile mir also möglichst bald deine Ankunft mit, ich freue mich darauf, die Welt mit der Aufzeichnung meines zweifelsohne interessanten Lebens zu bereichern. Deine Großmutter.

Ungläubig ließ Anna den Brief sinken. Das klang ja wie in einem schlechten Roman. Wieder drehte und wendete sie den länglichen bunten Umschlag und fast hoffte sie, dass sich das ganze als Scherz herausstellen würde. Sicher! Dass sie nicht gleich darauf gekommen war. Bestimmt hatte ihr Kollege Paul ihr diesen Streich gespielt. Paul, Paula, genau, so ein Witzbold! Grinsend griff Anna zum Telefonhörer.
„Star-Welt, Gutzler, guten Tag, was kann ich für Sie tun", hörte Anna die bekannte sonore Stimme aus ihrem Hörer.
„Halloooo, hier issst Paula aus Spaaaanien", höhnte Anna ohne weitere Erklärung, stolz über ihre gelungene Imitation von Greta Garbo.
„Anna, bist du das?? Du hörst dich ja noch schlimmer an als gestern. Geh bloß wieder ins Bett. Hast du Fieber oder was soll der Quatsch mit Paula?"
„Ha, ha, als wenn du das nicht genau wüsstest! Von wegen langweilige Artikel, das wirst du mir büßen!" Anna freute sich schon wieder auf die kleinen Wortgefechte, die sie sich mit

Paul lieferte. Gut zehn Jahre älter als sie war es damals Paul gewesen, der sie auf die richtige Schiene in der Glamour- und Jet-Set Szene gesetzt hatte. Seine etwas zurückhaltende und mürrische Art hatte sie zunächst abgeschreckt, doch nach und nach hatte sie unter der rauen Schale einen auf ruhige Art freundlichen, jedoch sehr distanzierten Mann entdeckt. Ihre gemeinsame Vorliebe für sprachliche Perfektion hatte sie aus der Menge der Kollegen hervorgehoben, bei denen oft mehr die Länge eines Artikels als deren Ausdruckskraft zählte.

Diesmal schien sie jedoch daneben getroffen zu haben. Offensichtlich wusste Paul nichts von diesem Brief, denn sonst hätte er sich auf humorvolle Art und Weise als ertappt zu erkennen gegeben. So waren die Spielregeln.

„Tschuldigung, verwählt", murmelte Anna und legte auf.

Also doch Oma Paula.

„Aber du täuschst dich, Oma, meine Mutter hat niemals gesagt, dass du gestorben bist, sie hat überhaupt nie von dir gesprochen."

Von einem plötzlichen Impuls getrieben zog sich Anna dicke Wollsocken über und schleppte sich die Treppe zum Dachboden hoch. Unzähliges Gerümpel, mit dicker Staubschicht bedeckt, lag unordentlich über dem Fußboden verteilt. Wo war jetzt dieser Koffer mit dem persönlichen Habe ihrer Eltern? Anna kickte mit dem Fuß einige Kartons zur Seite. Sie musste gleichzeitig husten und niesen und wischte mit dem Ärmel ihres Bademantels über ihr Gesicht. Ein leiser Anflug von Trauer kam und ging wieder. An dieses Gefühl hatte sie sich aber schon gewöhnt. Es überfiel sie in regelmäßigen Abständen, seit sie in das Haus ihrer Eltern nach deren tödlichem Unfall eingezogen war. Hier hatte sie ihre Kindheit und Jugend verbracht, hier hatte sie sich zahllose Kämpfe mit ihrem Vater um Ausgehzeiten, Schminke und Kleidung geliefert. Und nun waren nur noch ein paar staubige Koffer mit alten Klamotten, Fotos und etwas Schmuck übrig geblieben. Anna kämpfte sich durch ein großes Spinnennetz zum Dachbodenfenster hin und riss es weit auf. Nässe und Nebel begrüßten sie. Sie fuhr mit ihrem Finger über die unregelmäßig gezackte Bleimanschette des Fensters. Wehmütig erinnerte sie sich daran, wie sie damals große Stücke aus der Bleimanschette gerissen hatte, als sie das Material für ihre Schachfiguren benötigte, die sie aus Blei gießen wollte. Von ihrer Mutter hatte sie damals eine saftige Tracht Prügel kassiert. Ihr Vater hatte jedoch nie erfahren, aus welchem Grund die glatte Schicht unter dem Fenster so merkwürdig ausgedünnt war. Vermutlich hatte er es nie bemerkt.

Aus dem unteren Stockwerk hörte Anna das Telefon klingeln. Sie war sich jedoch darüber klar, dass sie es nicht so schnell die zwei Stockwerke hinunter schaffen würde, daher ignorierte sie das Klingeln.

Eine halbe Stunde später hatte Anna gefunden, was sie suchte. Ein schäbiger, abgewetzter Lederkoffer öffnete mit einem lauten Schnappen seinen Deckel. Innen lagen die persönlichen Papiere, die Anna nach dem tödlichen Autounfall ihrer Eltern in diesen Koffer gestopft hatte. Sie hatte nicht das Herz, die alten Briefe, Notizzettel und Fotos wegzuwerfen. Gespannt wühlte sie sich durch mehrere Briefumschläge, bis sie auf ein schmales, altes Fotoalbum stieß. Sie stieß einen Siegesschrei aus.

„Geht doch nichts über einen geordneten Haushalt", dachte sie.

* * *

Inzwischen war es dunkel geworden auf dem Dachboden. Anna war überrascht, wie viel Zeit sie hier oben verbracht hatte. Sie nahm sich vor, die Erinnerungen ihrer Eltern in aller Ruhe bei einem Glas Wein in ihrem Wohnzimmer durchzusehen. Sie war gespannt, ob sie auf irgendeinem Foto oder in irgendeinem Brief Hinweise auf ihre neue Großmutter entdecken würde. Entschlossen raffte sie die am bedeutungsvollsten aussehenden Papiere zusammen und brachte diese nach unten.

Wieder klingelte das Telefon.

„Anna Mirbach", meldete sie sich.

„Hallo, ich bin's noch mal. Ich mache mir Sorgen, ob die Grippe dir auf's Gehirn geschlagen ist", eröffnete Paul das Gespräch. „Was war das vorhin für ein Gerede von einer Großmutter in Spanien?"

„Ich fahre nach Gran Canaria und besuche meine Oma, von der ich bisher noch nichts wusste. Ist das nicht aufregend?

Meinst du, der Alte gibt mir unbezahlten Urlaub, wenn ich brav darum bitte?"

„Der Alte, wie du ihn so respektlos nennst, würde dir wahrscheinlich am liebsten für den Rest deines Arbeitslebens unbezahlten Urlaub geben, nachdem du ihn mit dem Copperfield-Artikel so hast hängen lassen. Hast du dich eigentlich schon bei mir bedankt, dass ich so uneigennützig eingesprungen bin, während du angeblich auf hartem Lager krank darnieder liegst?"

„Mein Held", seufzte Anna „aber wahrscheinlicher ist, dass du darauf gebrannt hast, endlich mal deinen Namen auf der zweiten Seite zu sehen. Trotzdem danke. Wenn ich aus Gran Canaria wiederkomme, lade ich dich auch dafür zum Essen ein."

Trotz ihrer flapsigen Art mochte Anna Paul richtig gerne. Sie erzählte ihm von dem Brief, der am Vormittag angekommen war und von dem Koffer voller Erinnerungen, auf die sie sich gleich stürzen würde.

„Du wirst mir fehlen", seufzte Paul. „Ohne dich wird unser Chef seinen ganzen Frust an mir abreagieren, außerdem werden mir die Zwiebelringe fehlen, die du immer von deinem Sandwich abpulst. Sieh also zu, dass du heil und gesund wiederkommst."

Anna lachte und legte den Hörer auf. Sie fühlte sich schon viel besser und war richtig aufgekratzt. Sie tauschte den Bademantel gegen ihren Lieblings-Hausanzug aus blauem Baumwollsamt ein. Nach einem kritischen Blick in den Spiegel bürstete sie ihre kastanienbraunen, langen Haare und band sie zu einem einfachen Pferdeschwanz. Dann goss sie sich ein Glas Burgunder ein und setzte sich mit dem Fotoalbum an den Küchentisch. Kichernd blätterte sie die vergilbten knitternden Seiten durch, sah sich alte Hochzeitsbilder und Kindheitsbilder ihrer Eltern an. Auf einem Familienfoto sah sie eine ältere, streng aussehende Dame, die sie nicht kannte. Sie stand etwas abseits. Vermutlich hatte Anna daher nie gedacht, dass sie zur engen Familie gehörte. Wenn das Paula war... Anna wurde ganz aufgeregt.

* * *

Eine Woche später war sie bereits auf Gran Canaria. Nachdem ihre Grippe angesichts des verlockenden Urlaubs wie von Zauberhand auskuriert war, hatte sie einen günstigen Flieger in den Süden gebucht. Auch ihr Chef hatte sich überraschend großzügig gezeigt und ihr den Urlaub ohne weitere Bedingungen bewilligt.

An ihrem ersten Urlaubstag wurde Anna früh geweckt. Ihre Ferienwohnung lag im Ortskern von Arguineguin, einem kleinen Ort im Süden der Insel, in einem Wohnhaus, in dem sowohl spanische Dauermieter als auch Feriengäste wohnten. Die Wohnung erstreckte sich über zwei Etagen und von der Galerie oben führte eine Tür in das geräumige Schlafzimmer. Das Wohnzimmer unten hatte einen Südbalkon und war hell und freundlich eingerichtet.

Das Treiben auf der Straße und der Lärm der vorbeirasenden Motorräder hatten sie abrupt aus ihrem Traum geholt. Normalerweise notierte sich Anna gewissenhaft jeden Morgen den Inhalt ihrer Träume. Ihre journalistische Neigung drängte sie stets dazu, Geschichten, seien sie auch noch so absurd, zu notieren, um eventuell Teile daraus später zu verwenden. Heute hatte sie jedoch keine Lust dazu. Sie schob die Erinnerung an die Riesenkakerlake, die ihr eine matschige Papaya auf dem Kopf ausdrücken wollte, beiseite und setzte die Kaffeekanne auf den Gasherd. Dann ging sie ihren Tagesplan durch. Da der Himmel noch bedeckt und der Morgen frisch war, würde sie erst später an den Strand gehen und das Treffen mit Paula zuerst auf den Plan nehmen.

Gut gelaunt warf sie ihre Strandtasche auf den Rücksitz des gemieteten Toyota Corolla und startete den Motor. Gemäß den Auskünften des Autovermieters musste sie auf die Autobahn nach Playa Ingles fahren und dann in Richtung Fataga in die Berge abbiegen. Hinter dem großen Gelände des neu gebauten Friedhofs Lomo de Maspalomas, sollte sie auf die Schilder in Richtung San Bartolomé de Tirajana achten. Mehrtöniges Hupen hinter ihr erinnerte Anna daran, dass sie sich hier nicht in den gut geregelten Hamburger Verkehr einfädelte, sondern auf Straßen fuhr, die der großzügigen und gefühlvollen Fahrweise der Spanier nur ungenügend gerecht wurden. Sie lachte in den Rückspiegel und passte ihre Fahrweise sofort an. So gefiel es ihr!

* * *

Knapp eine Dreiviertelstunde später hatte Anna ihr Ziel erreicht.

Das große Haus lag außerhalb des kleinen Ortes San Bartolomé de Tirajana. Zurückgezogen hinter einer Steinmauer thronte es im Schatten einer hohen Felsformation. Eine gewundene Straße, die mit blühenden Mandelbäumen gesäumt war, führte zum Eingangsportal der Anlage. Ursprünglich sollte hier vor 10 Jahren ein großes Fünf Sterne Hotel für vermögende Touristen entstehen. Der Bauplan war von dem russischen Architekten Anatol Stroblow entworfen worden, doch der Bauunternehmer musste kurz nach Beginn der zweiten Bauphase Konkurs anmelden und so lag das Bauprojekt brach, bis vor 6 Jahren ein reicher Münchner Investor die Konkursmasse mitsamt Plänen billig kaufte und dort ein modernes Ungetüm aus Glas und Natursteinen hinsetzte, das 16 luxuriöse Wohnungen für Senioren umfasste. Die Anlage "Casa Sombra" war zweistöckig und so gebaut, dass die Balkone der oberen Wohnungen nach vorne heraus zum Garten zeigten. Die Terrassen der Erdgeschoss Wohnungen führten auf der Rückseite des Hauses in Richtung Wanderweg. Zwischen den einzelnen Terrassen waren Palmen und Kakteenbüsche gepflanzt. Die unteren Wohnungen hatten jeweils einen eigenen kleinen Swimmingpool neben der Terrasse. Alles roch hier nach Geld. Anna schluckte und betätigte den Klingelknopf. Das vergitterte Tor gab mit einem leisen Summen die Auffahrt frei.

* * *

„Setz dich, Kind", die alte Dame rückte einen Stuhl an das kleine Holztischchen. Milder Frühlingswind wehte durch die Veranda. Das Appartement war ein Traum, es war offenbar das einzige zweistöckige Appartement in dieser Anlage. Anna schaute umher. Auf unzähligen kleinen Regalen standen Mirabellenblüten und Silbergras, die sich leise durch den Luftzug bewegten. Die Stühle waren hoch und unbequem und zollten Tribut an Paulas hochherrschaftliche Haltung. Auch das Geschirr war altmodisch. Kleine elfenbeinfarbene Tassen mit dazugehörigen Tellern. Vorsichtig nahm Anna eine Tasse in die Hand und trank einen Schluck Tee.
„Echter Darjeeling, meine Liebe", erklärte Paula „ich beziehe ihn nach wie vor aus England. Ich weiß einen guten Tee zu schätzen. Das Gebräu, was man hier zu kaufen bekommt, kann man wahrlich nicht Tee nennen."
„Erzähl mir doch mal, wie lange lebst du hier schon? Und warum hat meine Mutter mir nie von dir erzählt? Warst du noch mal wieder in Deutschland?"

Paula schob Anna den Zucker hin und begann, gedankenverloren in ihrer Tasse zu rühren.
„Ich bin jetzt fast vier Jahre in dieser Gruft", seufzte sie.

„Na hör mal, Oma", unterbrach Anna sie ungeduldig. Keineswegs hatte sie vor, ihre wertvolle Freizeit dem Gejammer einer alten Frau zu opfern. „Viele ältere Menschen fänden es total schön hier. Guck dir doch nur mal den Ausblick an und die Einrichtung. Und die übrigen Bewohner sehen, soweit ich gesehen habe, auch ziemlich fit aus. Eine Gruft stelle ich mir anders vor!"
Hungrig biss Anna in ein Sandwich. Es schmeckte herrlich frisch und kühl. Sie klappte das weiche Weißbrot doppelt und biss noch einmal kräftig hinein.
„Gruft, sage ich! Und wenn du zuhören würdest, könntest auch du einigermaßen verstehen, was ich meine. Also lass mich jetzt mal ausreden!" Paula lehnte sich zurück und in ihrer Schulter krachte es vernehmlich. Anna fuhr zusammen. „Vor fünf Jahren starb mein Ehemann Luis. Ich war nach seinem Tod zwar das, was man begütert nennt, aber ich stand alleine auf der Welt. Meine eigene Familie hatte sich von mir losgesagt und Luis hatte keine Angehörigen mehr. Zufällig überreichte mir jemand einen Prospekt dieser Wohnanlage. Es las sich wunderschön. Man konnte sich mit 730.000 Euro in eine Appartement Wohnung einkaufen, die für die Dauer des Lebens zur Verfügung stand, deren Besitz jedoch nach dem Tod wieder an einen Unterhaltsfond für diese Anlage zurückging. Die relativ hohen monatlichen Kosten konnte ich aus meiner Rente und den Zinseinkünften bestreiten. Kurz und gut, ich machte einen Besichtigungstermin aus und ließ mich durch die Anlage führen..."

* * *

Zwei Stunden später saß Anna über eine Sangria gebeugt bei Valentinos am Strand von Patalavaca und sah ihre Notizen durch. Offensichtlich hatte man Paula mit ihrem großen Vermögen damit geködert, dass ihr ein angenehmer Lebensabend auf hohem Niveau versprochen wurde. Man hatte ihr erzählt, dass die Bewohner so gut versorgt wurden und so zufrieden waren, dass alle mindestens 90 Jahre alt wurden. Und das bei bester Lebensqualität. Und die Anwohner schienen dies zu bestätigen, denn obwohl es wenig Kontakt miteinander gab, hatte Paula den Eindruck, dass jeder sich hier wohl fühlte. Und so hatte sie sich auf die Warteliste setzen lassen und war, als überraschend einige Tage später eine Wohnung frei wurde, mit Hab und Gut eingezogen. Soweit so gut. Paula konnte mir ihrem Vermögen machen, was sie wollte.

Anna schaute aufs Meer hinaus und zwei senkrechte Falten schoben sich auf ihre Stirn. Nun kam der Teil von Paulas Erzählung, den sie lieber nicht gehört hätte. „Anna", hatte Paula gezischt und sich vorsichtig umgedreht „hier geht etwas vor. Und du sollst mir helfen herauszufinden, was!"

Nach und nach hatte Anna Paula die ganze Geschichte entlockt. Dass es anfangs genauso schön war, wie sie es sich gewünscht hatte. Wie sie sich in der kleinen aber exklusiven

Seniorenwohnanlage in einem der 16 Luxus-Appartements eingerichtet hatte. Wie sie von den Schwestern und Servicekräften umsorgt wurde, auch die Einkäufe wurden ihr gebracht. Selbst die Reinigung und Reparaturen wurden ihr abgenommen. Doch irgendwann habe sie angefangen sich zu wundern, dass nie ein Verwandter der anderen Bewohner zu Besuch kam. Es gab einen älteren Nachbarn, Herrn Kleinschmidt, hatte Paula Anna anvertraut. Nicht dass man sich viel gesehen hätte, er war offensichtlich genauso wenig an Kontakten interessiert wie sie, aber wenn Paula ihren täglichen Spaziergang hinten um das große Haus herum in Richtung Barranco de Pilancones gemacht hatte, dann kam sie an seinem Balkon vorbei und man hatte sich freundlich zugenickt.

„Anna", hatte Paula geflüstert, „er sah wirklich noch sehr gesund aus und ich schwöre, bestimmt nicht älter als 80 Jahre. Aber eines Tages bin ich eher von meinem Spaziergang wiedergekommen und seine Tür stand etwas offen. Drinnen war ein junger Mann mit Bart und als er mich sah, hat er schnell die Tür zugezogen. Wenige Tage später stand ein Umzugswagen vor der Tür und jemand anders zog ein. Und nirgendwo eine Traueranzeige oder ein Brief an die übrigen Hausbewohner."

„Nun, auch wenn man dir gesagt hat, dass die Leute alle mindestens 90 werden, so muss ich dir leider sagen, dass es keine Garantie dafür gibt, dass ein Mensch nicht schon mit 80 sterben kann", Annas gelang es nur schwer, die Ironie aus ihrer Stimme herauszuhalten." Vermutlich war er krank. Oder er hatte einen Herzanfall."

„Ich weiß, dass er ermordet worden ist," sagte Paula streng. "Und du findest heraus, von wem!"

* * *

Entschlossen kippte Anna den letzten Schluck des Kruges mit Sangria in ihr Glas. Die Apfelsinen und Apfelscheiben fischte sie wieder heraus und gab sie in den leeren Krug zurück. Ihr Obst aß sie lieber morgens im Müsli. Im Wein hatte sie keine Verwendung dafür. Dann ließ sie sich die Rechnung geben und schlenderte in Richtung Strand. Die Sonne war schon hinter ein paar Wolkenschleiern eingetaucht und es wurde langsam kühl. Trotzdem warf sie sich schnell noch in ihren Bikini und schwamm in dem klaren Wasser, das um diese Jahreszeit noch ziemlich kalt war. Sie legte sich auf den Rücken und ließ sich von den salzigen Wellen schaukeln. Die Sonne, die zwischendurch aus den Wolken hervorlugte, wärmte ihr nasses Gesicht und für einen Moment war Anna unglaublich glücklich. Sie schob jeden Gedanken an die Redaktion in Hamburg beiseite und nahm sich fest vor, aus ihrem Aufenthalt auf dieser Insel einen langen, sonnigen Urlaub zu machen. Zum Teufel mit der Paranoia einer alten Frau, die sich offensichtlich nicht damit abfinden konnte, dass sie und ihre Mitbewohner sich im Spätwinter ihres Lebens befanden. Sie würde Paula davon überzeugen, dass ihr Freund

Kleinschmidt schlicht und einfach an Altersschwäche gestorben war und dann würde sie den Rest der Zeit am Strand und in der Bar verbringen. Und natürlich mit ihrer Großmutter Paula, denn sie war ja ein Teil ihrer Familie. Ihrer neu entdeckten Familie. Und das fand Anna spannend.

* * *

Die nächsten Tage verbrachte Anna nach dem gleichen Muster. Morgens nach dem Frühstück fuhr sie in das Seniorenheim, lag entweder mit ihrer Oma auf der kleinen, sonnigen Terrasse oder nahm sie auf einen Ausflug in ihrem Mietwagen mit. Paula schien aufzublühen und hatte bisher nicht wieder von ihren Zwangsvorstellungen gesprochen. Im Gegenteil. Ihre Erzählungen drehten sich überwiegend um ihre Kindheit und Jugend und Anna machte sich Notizen oder ließ Paula auch manchmal direkt in ihr digitales Aufnahmegerät sprechen. Später einmal wollte sie alles zu einer kleinen privaten Biografie zusammenfassen. Paula erzählte unterhaltsam und spickte ihre Erinnerungen mit Anekdoten über Annas Großvater und über ihre Tochter, Annas Mutter.

* * *

An einem dieser Tage stand plötzlich der Geschäftsführer, Jörg Starnberg, mit einem älteren, freundlich blickenden Herrn vor der Tür.

"Entschuldigen Sie die Störung, Frau Mirbach!", sagte Starnberg und beugte sich galant über Paulas knotige Finger. "Darf ich Sie mit Herrn Hansen bekannt machen. Herr Hansen interessiert sich für eine Wohnung in unserer hervorragenden Senioren Anlage. Dürfen wir uns einen Moment umschauen, ich würde ihm gern Ihre Wohnung exemplarisch vorstellen." Schon hatte er sich an Paula vorbei geschoben und wies mit großen Gesten auf die Terrasse und die luxuriös ausgestattete Wohnwand mit ihren High-Tech-Geräten. In beeindruckendem Tempo wurde der Interessent durch alle Räume gelotst, wobei er abwechselnd rechts und links schauen musste. Nach zehn Minuten waren die Besucher wieder verschwunden. Kopf schüttelnd schauten Anna und Paula sich an.

* * *

„Hallo, Schwester Carolyn!" winkte Paula der kräftig gebauten Frau zu, die mit Einkaufstüten auf das Haus zuging. „Ich möchte Ihnen meine Nichte vorstellen." Paula gab Anna einen kleinen Schubs und die beiden Frauen begrüßten sich. Anna und Paula waren gerade von einem Ausflug nach Arguineguin zurückgekehrt.
„Freut mich, Sie kennen zu lernen, Schwester Carolyn. Meine Großmutter schwärmt ja von Ihrer Fürsorge und Kompetenz". Anna blickte in die wässerigen Augen der älteren Dame.
„Ich lebe für diese alten Menschen", erwiderte diese mit flacher Stimme.

„Wie lange arbeiten Sie denn schon hier", wollte Anna wissen.
„Seit sechs Jahren, seit dieses Haus existiert. Man war hier sehr großzügig. Ich durfte meine schwer kranke Mutter hier wohnen lassen und konnte sie pflegen. Gleichzeitig habe ich mich auch um alle anderen Bewohner gekümmert."
„Ihre Mutter lebt auch hier? Das muss doch sehr schön sein für Sie".
„Leider konnte sie dieses Glück nicht lange genießen. Sie war schwer krank und hat so gelitten", Schwester Carolyns trübe Augen füllten sich mit Tränen. „Es war eine Erlösung für sie. So hat es auch Herr Starnberg gesagt." Bei dem Namen des Geschäftsführers glühte ihr Gesicht und ihr schwerer Oberkörper streckte sich etwas. „Er war so gütig! Er hat für ihre Urne eine wunderschöne Grabstätte auf dem Friedhof Lomo de Maspalomas gekauft und eine Marmorplatte gravieren lassen. D.E.P. Maria Grezny. Ich gehe jeden Sonntag dorthin und spreche mit ihr. Ich war bei ihr, als sie von uns ging".
Anna fröstelte. Schwester Carolyns Blick war bereits in die Ferne gerichtet und so verabschiedeten sie sich schnell und gingen in Paulas Wohnung.

Einer plötzlichen Eingebung folgend kehrte Anna noch einmal um. "Schwester Carolyn", rief sie der älteren Frau hinterher, die gerade mit vorgebeugten Schultern ihre Dienstwohnung aufschloss. "Ich möchte Sie etwas fragen!" Gerade war ihr eine Idee gekommen, wie sie die gewünschte Auskunft über Herrn Kleinschmidt erhalten und ihre Großmutter beruhigen konnte.

"Sie betreuen doch die älteren Damen und Herren in ihren Wohnungen. Meine Großmutter macht sich fürchterliche Sorgen, weil ihr Nachbar, Herr Kleinschmidt, offensichtlich von heute auf morgen verschwunden ist. War er sehr krank und ist verstorben oder ist er vielleicht umgezogen? Meine Großmutter sagte, dass plötzlich jemand anderes in dieser Wohnung wohnte. Das ging ja ziemlich schnell."

Für einen flüchtigen Moment hatte Anna das Gefühl, dass Schwester Carolyn die Zähne fletschte, aber dann verformten sich die dünnen Lippen zu einem angestrengten Lächeln.
"Nun, bei älteren Menschen kann es immer mal schnell vorkommen, dass eine Wohnung frei wird. Natürlich haben wir für unsere Luxuswohnungen viele Interessenten, so dass wir eine Warteliste führen. Sprechen Sie mit Herrn Starnberg, ich kann Ihnen nicht mehr dazu sagen." Damit verschwand sie in ihrer Wohnung und schloss demonstrativ die Tür vor Annas Nase.
"Da habe ich ja nicht viel erfahren", dachte Anna bei sich. "Über Herrn Kleinschmidt hat sie kein Wort verloren". Nachdenklich ging sie über das Terrakotta-Pflaster zu dem Südflügel, in dem sich Paulas Wohnung befand. Bald darauf stand sie mit Paula in der hochmodernen Küche.
Im Hafen von Arguineguin hatten sie frischen Fisch erstanden und während Anna einen Salat zubereitete, briet Paula den Fisch mit Olivenöl und viel Knoblauch. Dazu hatte Paula eine

Flasche Rioja aus dem Schrank geholt, von dem beide sich schon während des Kochens ein Glas genehmigten.

An diesem Abend fühlte Paula sich jedoch nicht wohl. Sie lag auf ihrer Couch im Wohnzimmer und hatte die Augen geschlossen. Anna leistete ihr Gesellschaft und entschloss sich dann, über Nacht in Paulas Wohnung zu bleiben, bis es dieser etwas besser ging.

„Geh schlafen, Oma. Ich werde heute hier übernachten. Ich hoffe, es stört dich nicht, wenn ich noch ein bisschen lese. Anna äugte zum Sofa, auf dem sie heute Nacht schlafen würde. „Und Oma, ich freue mich, dass wir uns kennen gelernt haben. Es tut mir so leid, dass es dir heute nicht so gut geht. Bitte wecke mich, wenn es dir schlecht geht."
„Danke, Kind", Paula wirkte müde. Anna vermutete, dass die Aktivitäten der letzten Tage doch etwas zu viel für die alte Dame gewesen waren.
„Geh schlafen. Lass mich das für dich in die Küche bringen."

Anna nahm das Tablett und räumte die Gläser weg. Den letzten Rest Rotwein nahm sie noch direkt aus der Flasche. Paula wankte die Treppe hoch und verschwand im Schlafzimmer. Schon nach wenigen Minuten konnte Anna Paulas regelmäßiges Schnarchen vernehmen.

"Den Rest räume ich morgen auf", dachte sie und betrachtete die herumliegenden Flaschen. „Paula schluckt ja auch ganz gut was weg."

Anna gähnte und klappte die Schlaffunktion des Sofas auf. Ein alter Teddy lag im Bettkasten und die geblümte Decke versprach kuschelige Wärme. Anna zog sich schnell aus und ließ nur T-Shirt und Slip an, bevor sie unter die Decke schlüpfte. Von der Veranda klang das Zirpen der Zikaden und das trockene Rascheln der Eukalyptusbäume. Es dauerte nicht lange, da war sie ebenfalls eingeschlafen.

* * *

Gegen ein Uhr morgens wurde Anna von einer knöchernen kalten Hand geweckt, die ihren Unterarm umfasste. Schreiend fuhr Anna hoch. „Oma", rief sie vorwurfsvoll. „Du hast mich fast zu Tode erschreckt! Geht es dir schlechter?"

„Rede keinen Unsinn, Kind. Es geht mir hervorragend. Es wird Zeit, dass du dir jetzt die Unterlagen anschaust. Deshalb wollte ich, dass du hier übernachtest."

„Was für Unterlagen? Wovon redest du?"

„Du wolltest herausfinden, was mit Herrn Kleinschmidt passiert ist. Dazu musst du ja wohl in die Unterlagen schauen. Die befinden sich im Büro im Verwaltungstrakt. Und jetzt schlafen alle. Selbst Nachtschwester Carolyn legt sich von 1 bis 4 Uhr nachts immer schlafen. Die ideale Zeit für einen kleinen Einbruch". Sie kicherte gackernd.

„Das werde ich auf keinen Fall tun. Das ist strafbar. Und wir haben überhaupt keinen Grund zur Annahme, dass mit deinem Herrn Kleinschmidt etwas anderes passiert ist, als dass er ausgezogen oder friedlich gestorben ist. Vielleicht musste er in ein Pflegheim übersiedeln."

„Es ist nicht nur Herr Kleinschmidt. Im Laufe der vier Jahre, die ich jetzt hier wohne, habe ich solche Vorfälle wie neulich schon mehrfach beobachtet. Ich habe dir nur noch nicht alles erzählt, damit du mich nicht für paranoid hältst.", Paula überhörte Annas Auflachen, das diese schnell mit einem Husten übertönte.

"Glaube mir," fuhr Paula fort, „hier geht etwas vor. Ich hatte gedacht, dass du etwas mehr Forschergeist besitzt. Warum behaupten sie eigentlich in deiner Zeitschrift, dass du alles auf Herz und Nieren prüfst und dich wie ein Terrier in faule Geschichten verbeißt?" Paula griff sich ans Herz und ließ sich auf einen kleinen gelben Clubsessel fallen.

„Ach Mensch Paula, nun rege dich doch nicht so auf!", Anna schwirrte noch der Kopf von Paulas merkwürdiger Bildersprache. Wütend merkte sie, dass Paula sie an ihrem wunden Punkt getroffen hatte, ihrem Stolz, jeder Geschichte nachzugehen und nicht eher zu ruhen, als bis sie Antworten gefunden hatte. Nun gut, dann würde sie Paula eben diesen Gefallen tun.

Leise schlüpfte Anna in ihre Jeans, ließ jedoch die Schuhe aus, um keinen unnötigen Lärm zu verursachen. Paula, mit

Lockenwicklern und einem schwarzen Morgenmantel mit chinesischer Stickerei bekleidet, führte sie durch die dunklen Hausflure zum Verwaltungstrakt.

Das Schloss der Bürotür stellte kein Hindernis dar, denn Paula wusste genau, wo die Büroangestellte den Schlüssel für die Putzfrau versteckte, die kein eigenes Schlüsselbund besaß. Und so öffnete Anna kurze Zeit später den Aktenschrank, zog zuerst Paulas Akte heraus und schlug sie neugierig auf. Paulas Alter war dort vermerkt, 84 Jahre. Unter dem Feld „Nächste Angehörige" stand mit breitem Filzstift „KEINE". Desweiteren waren ihre Rentenauszüge sorgfältig abgeheftet. Anna wagte einen Blick. „So eine Rente hätte ich später auch gern", murmelte sie neidisch.

Weiter rechts befanden sich noch mehr Akten, die unter der Rubrik „Verstorben" abgelegt waren. Nach und nach öffnete Anna auch diese Ordner. Allen gemeinsam war die breite Filzstiftbemerkung „keine Angehörige" und soweit Anna sehen konnte, waren auch die anderen ehemaligen Bewohner ziemlich vermögend gewesen. "Merkwürdig", flüsterte Anna, "das Heim existiert erst seit sechs Jahren, aber hier liegen Akten von mindestens 24 verstorbenen Bewohnern. Bei 16 Wohnungen und sechs Jahren Betrieb machte das eine durchschnittliche Quote von 4 Todesfällen pro Jahr, bzw. alle 3 Monate ein Wohnungswechsel. Das ist selbst für ein Altenheim eine ziemlich hohe Sterbequote, oder? Was passierte eigentlich mit den Wohnungen, wenn ein Bewohner auf anderem Wege als durch Tod ausziehen wollte? Konnte er seine Wohnung weiterverkaufen oder ging sie auch in diesem Fall an den Betreiber zurück? Anna nahm sich vor, Paula später danach zu fragen.

Unter dem Buchstaben K fand Anna den Vorgang von Herrn Kleinschmidt. Herbert mit Vornamen. Sie nahm die Akte heraus. Traurig stellte sie fest, dass er tatsächlich Anfang des Monats verstorben war. Es lag eine Kopie des amtsärztlichen Befundes in der Akte. "Schade", murmelte sie "ich hätte Oma gern etwas anderes berichtet".

Dann wanderte ihr Blick wieder zurück zu den aktuellen Hängeordnern. Mit der Taschenlampe leuchtete sie in den Schrank. "Cord Hansen", las sie auf der Beschriftung. "Komisch. Ob das der Hansen ist, der Omas Wohnung angesehen hat?" Sie öffnete den Vorgang und blickte auf das Foto des sympathischen Besuchers, der von Herrn Starnberg so schnell durch Paulas Wohnung geschleust worden war. Sie blätterte den Hängehefter durch und stoppte, als sie einen Vertrag fand. Offensichtlich hatte sich wieder jemand bequatschen lassen, eine völlig überteuerte Wohnung zu schlechten Bedingungen zu erwerben. Witzigerweise hatte das Appartement, das dieser Hansen erworben hatte, dieselbe Nummer wie Paulas Appartement. Vielleicht ein Tippfehler.

Leise schob Anna den Aktenschrank wieder zu, verschloss die Bürotür und hängte den Büroschlüssel in sein Versteck zurück. Die Akten von Paulas Freund Kleinschmidt nahm sie mit, um Paula morgen zu beweisen, dass ihre Ängste unbegründet gewesen waren. Die Akte von Cord Hansen eignete sie sich ebenfalls an. Sie bemerkte nicht, dass ihr in der Dunkelheit ein Augenpaar folgte. Zurück in Paulas Appartement warf Anna sich mitsamt Hose wieder ins Bett und fiel sofort in tiefen Schlaf. Währenddessen glitt ein schwarzer Schatten über den Flur, nahm den Schlüssel aus dem Versteck und verschwand geräuschlos im Büro.

* * *

Plötzlich wachte Anna ruckartig auf. Offensichtlich würde ihr in dieser Nacht nicht viel Ruhe gegönnt sein. Was hatte sie nur geweckt? Anna stutzte. Was war das für ein merkwürdiger Geruch? Sie erhob sich leise, öffnete die Haustür zum Atrium und da sah sie auch schon im Verwaltungstrakt den Rauch. „Feuer!", schrie sie. „Paula, nimm deinen Mantel und renne nach draußen!" brüllte sie der völlig verdatterten Großmutter zu. Eilig rannte sie in den Hausflur, donnerte an jeder Wohnungstür und alarmierte die Bewohner.
Erst später fiel ihr siedend heiß ein, dass die Wohnung der Nachtschwester hinter dem Verwaltungstrakt lag. Voller Panik lief sie quer über den Flur und wollte an dem Hauptbüro vorbei, doch in diesem Moment barst die Glastür und die Feuersbrunst ergoss sich über den Flur. Wütend griffen die Flammen um sich.

„Schwester Carolyn!", brüllte Anna über das Tosen der Flammen. „Hilfe, alarmiert die Feuerwehr! Lauft raus! Raus!", rief sie den verschreckt durcheinander wuselnden alten Menschen zu, die hilflos mit ansehen mussten, wie die Flammen sich an der Textiltapete entlang zu dem Wohntrakt leckten.

Plötzlich scholl Paulas Stimme von draußen:

„Weiterreichen! Los, macht schon!" Energisch wie sie war, hatte Paula ihre zwei Putzeimer aus der Küche mit Wasser aus ihrem Swimming-Pool gefüllt und war bereits dabei, aus den herumirrenden alten Menschen eine Löschkette zu bilden und zu kommandieren. Anna konnte nicht umhin, Paulas Geistesgegenwart zu bewundern. Behände stellte sie sich an die Spitze der Kette und leerte den Eimer über der vordersten Flammenzunge aus. Nach und nach kamen immer mehr Eimer hinzu und sie trieben das Feuer zurück, bis nur noch ein paar lustlose Flammen im Hauptbüro an der Gardine züngelten. Mit rauchgeschwärztem Gesicht scheuchte Anna die rüstigen, aber erschöpften Rentner auf Paulas Terrasse, die am weitesten abseits vom Feuerherd lag. In der Ferne hörte sie schon die Sirenen der herannahenden Feuerwehr. „Ihr wart superklasse!", lobte sie die alten Leute, die kummervoll auf das Haus blickten. Glücklicherweise waren die einzelnen Wohnungen von den Flammen verschont geblieben. Lediglich der Verwaltungstrakt und der Hausflur waren durch das Feuer völlig zerstört worden.

„Schwester Carolyn", plötzlich fiel Anna ein, dass sie die Nachtschwester weder in der Löschkette noch auf dem Flur gesehen hatte. Hustend stürzte sie über den Flur und traf dort auf die Feuerwehrmannschaft aus San Fernando. Aus der geöffneten und rußgeschwärzten Tür der Dienstwohnung trat ihr ein Rettungssanitäter entgegen, der kummervoll den Kopf schüttelte. Nachtschwester Carolyn war im Qualm des Feuers in ihrer Wohnung erstickt.

* * *

Zwei Stunden später war das Gelände wie leergefegt. Die Feuerwehr hatte die letzten Brandherde fachmännisch gelöscht und die meisten Bewohner der Anlage waren mit den Krankenwagen vorsorglich in die Clinica Roca in Maspalomas gebracht worden. Lediglich Paula und ein rüstig aussehender Schweizer aus dem Appartement neben ihr weigerten sich, die Nacht im Krankenhaus zu verbringen und gingen, nachdem die Feuerwehr die Erlaubnis dazu erteilt hatte, wieder in ihre Wohnungen.

Paulas Wohnung roch noch stark nach dem Qualm der verheerenden Feuersbrunst, daher riss Anna die Terrassentür weit auf, bevor sie es sich zum zweiten Mal in dieser Nacht auf dem Sofa bequem machte. Paula war bereits in ihrem Schlafzimmer verschwunden. Keine fünf Minuten später war Anna fest eingeschlafen.

Plötzlich fuhr Anna hoch. Ein leises Scharren hatte sie geweckt. Mit pochendem Herzen setzte sie sich auf dem Sofa auf und lauschte in die Dunkelheit. Nichts war zu hören. Trotzdem sträubten sich ihre Nackenhaare und signalisierten Gefahr. Annas weit aufgerissene Augen versuchten, sich an die Dunkelheit und die Umrisse im Wohnzimmer zu gewöhnen. Wahrscheinlich war es Paula, die auf der Suche nach einem Glas Wasser durch die Küche torkelte.

„Oma", rief Anna leise und setzte sich auf dem Sofa auf. Plötzlich spürte Anna eine Bewegung neben sich, ein leiser Luftzug und ihr Unterbewusstsein meldete Gefahr. Von einem Impuls getrieben ließ Anna sich auf den Boden gleiten, gerade rechtzeitig, um einem Angriff zu entgehen. Mit ohrenbetäubendem Krachen verfehlte die Stehlampe haarscharf Annas Kopf und knallte auf den Boden. Klirrend zersprangen die Glühbirnen. Das Blut rauschte in Annas Ohren. In der Dunkelheit versuchte sie auszumachen, wo der Verfolger gerade war. Ein Knirschen verriet ihr, dass er direkt auf sie zukam. Er musste wohl durch die zersplitterte Glühbirne getreten sein. Anna zog sich halb sitzend hinter das Sofa zurück. Einen Moment herrschte Stille. In der Dunkelheit konnte Anna nicht erkennen, wo der Einbrecher stand. Blitzschnell überlegte sie, wie sie sich zur Wehr setzen konnte. Mit ungeahnter Kraft hob sie das Sofa an der hinteren Kante hoch und kippte es in die Richtung, in der sie ihren Angreifer vermutete. Doch leider hatte sie sich getäuscht. Ihr Schädel explodierte vor Schmerz, als von hinten die silberne Obstschale auf ihren Kopf niederkrachte.

Ein haariger Oberarm griff ihr von hinten an die Kehle und hinderte sie daran umzufallen. Sie bekam kaum noch Luft, als sie brutal an einen nach Schweiß riechenden Körper gepresst wurde. Sie röchelte.

„Rück' sofort die Akte raus, sonst bekommst du gleich gar keine Luft mehr". Zur Bekräftigung seiner Worte drückte der Eindringling ihren Hals noch fester zu. Anna wurde schwarz vor Augen und in ihren Ohren fing es an zu piepen. „Ich weiß nicht, von welcher Akte Sie sprechen", krächzte sie. „Was wollen Sie von mir?"

„Der neue Eigentümer Hansen, los sag, wo der Vertrag ist! Aber schnell!" Mit einem Ruck drehte der Angreifer Anna um, so dass sie plötzlich in das wutverzerrte Gesicht von Jörg Starnberg, dem Inhaber der Seniorenwohnanlage blickte. Seine Augen waren zu kleinen Schlitzen zusammengepresst.

Was wollte er mit dem Kaufvertrag? Plötzlich begriff Anna. ‚Also doch kein Tippfehler. Das ist es!', schoss es ihr durch den Kopf. ‚Die Wohnung von Paula zum zweiten Mal verkauft, das Einzugsdatum vom neuen Käufer steht schon fest, aber die Vorbesitzerin lebt noch. Also was macht man? Man bringt sie um. War das der Grund für sein Eindringen in die Wohnung? So ein Schwein'.

"Das ist also Ihre Methode. Der Vertrag. Sie haben die Wohnung meiner Großmutter noch einmal verkauft und

kassieren zum zweiten Mal ab. Aber so ein Pech. Da wohnt noch jemand. Wie wollten Sie das lösen?"
"Um deine Oma kümmere ich mich, wenn ich mit dir fertig bin. Also sag' mir jetzt, wo der Vertrag ist. Ich würde ungern auch diese schöne Wohnung anzünden, werde ich aber machen, wenn ich den Vertrag nicht finde. Und euch lasse ich hier gefesselt sitzen!"
"Wie haben Sie es denn mit den anderen Wohnungen gemacht. Und wieso glauben Sie, dass ich Verträge an mich genommen habe? Warum haben Sie das Feuer gelegt?" Reden, reden, halt ihn hin, dachte Anna. Bestimmt ist auch Omas Freund Kleinschmidt ein Opfer der Profitgier dieses Mannes geworden. Und wer weiß, wie oft er Omas Wohnung vor ihrem Einzug schon verkauft und die Besitzer ermordet hat'.
„Hallo", meldete sich eine männliche Stimme von der Terrassentür, die noch immer offen stand, „kriegt man hier überhaupt nicht mehr seine Ruhe?" Mit einem Ruck fuhr Annas Angreifer zu der Stimme herum und lockerte dabei etwas den Griff um ihren Hals. Paulas Nachbar, der Schweizer, stand dort im gestreiften Pyjama und einem Bademantel. Schlaftrunken überblickte er die Szene. Blitzschnell nutzte Anna ihre Chance, hob den Arm und schlug dem Angreifer mit ihrem Ellenbogen kräftig auf sein Nasenbein. Er schrie auf.
„Helfen Sie mir!", schrie Anna. „Er ist ein Mörder!"
Mit einer Schnelligkeit, die man dem alten Mann nicht zugetraut hätte, ergriff dieser den Spaten von der Terrasse,

eilte auf das kämpfende Paar zu und ließ den Spaten auf dem Kopf des Verbrechers niedersausen. Wie ein Stein ging der Geschäftsführer und Inhaber der Seniorenanlage "Casa Sombra" zu Boden. Mit Hilfe des Nachbarn und dem Gürtel seines Bademantels fesselten sie den am Boden liegenden Mann und alarmierten die Polizei, die ein zweites Mal in dieser Nacht mit Blaulicht anrückte.

Anna stellte einen der umgekippten Stühle auf und ließ sich erleichtert darauf sinken. Plötzlich fuhr sie hoch. Paula! Es war kein Laut von oben zu hören. Hoffentlich hatte der Verbrecher sie nicht verletzt, oder schlimmer noch, getötet! Mit ungeahnter Kraft rannte sie die Treppe hoch und hörte schon am oberen Treppenabsatz ein lautes Schnarchen aus dem Schlafzimmer. Ungläubig starrte Anna auf die schlafende Gestalt ihrer Großmutter. Wie konnte sie nur einen so beneidenswert tiefen Schlaf haben? Na ja, auf der anderen Seite war Anna ganz froh, dass sie selbst einen leichten Schlaf hatte, ansonsten hätte diese Nacht anders ausgehen können. Leise verließ sie das Schlafzimmer ihrer Großmutter und ging hinunter zu der Polizei und dem wartenden Nachbarn, der ihr inzwischen einen reichlichen Brandy Veterano Osborne 103 eingegossen hatte.
Nach zwei weiteren 103ern - das macht zusammen trescientos noventa, lallte sie vergnügt - fiel Anna für den Rest der Nacht in einen tiefen, traumlosen Schlaf.

* * *

"Siehst du wohl", sagte Paula rechthaberisch am nächsten Tag, "ich habe doch gleich gewusst, dass hier etwas schief läuft. So ein gemeiner Ganove. Gut, dass du ihm den Garaus gemacht hast!"

"Schöne Alliteration", dachte Anna, "das muss ich mir merken, der Gemeine Ganove dem Gut der Garaus Gemacht wurde. Vielleicht kann ich das mal verwenden." Ihr steckte die Nacht noch in den Knochen und sie war todmüde.

Gerade war Inspektor Ferros aus San Fernando bei ihnen gewesen und hatte von dem ersten Verhör mit Starnberg berichtet. Nach seiner Verhaftung hatte dieser gestanden, dass Schwester Carolyn ihn über die Ankunft einer Nichte von Paula Mirbach informiert hatte, wo diese doch angeblich keine Verwandten hatte! Annas Fragen über Herrn Kleinschmidt hatten ihn alarmiert.

Dass alles so schief gelaufen sei, hatte er verächtlich ausgespuckt, sei nur dieser neugierigen Nichte und der dämlichen Nachtschwester zu verdanken, die nicht in der Lage gewesen sei, die Schränke ordentlich zu verschließen. Ansonsten, hatte er abfällig hinzugefügt, sei die Nachtschwester ja ganz praktisch gewesen. Hatte er, Starnberg, einen Interessenten für eines seiner Luxusappartements im "Casa Sombra" gefunden und war dieser kaufbereit, so rief er lediglich Schwester Carolyn an und instruierte sie, eine Wohnung freizustellen. „Seit dem Tod ihrer Mutter hatte diese gefühlsduselige Kuh eine Schraube locker". Es war schon fast lächerlich einfach gewesen ihr zu suggerieren, dass sie den Alten einen Gefallen tat, wenn sie diese im Schlaf erstickte, so war seine Aussage.

* * *

Eine Woche später teilte sich der wolkenverhangene Himmel und die Sonne warf ihre Strahlen auf das luxuriöse Haus in den Bergen. Anna wandte sich der Sonne zu und genoss noch einmal die zarte Wärme auf ihrem Gesicht. Später am Tage würde sie ihren Heimflug nach Hamburg antreten.

„Gib mir noch mal ein paar von den Bougainville-Setzlingen rüber, Omchen," rief Anna ihrer Großmutter zu. Beide Frauen knieten im großzügigen Vorgarten der Seniorenwohnanlage. Auch einige weitere Bewohner hatten sich zu den beiden einträchtig nebeneinander arbeitenden Frauen gesellt und versuchten, mit den vorhandenen Gartengeräten das Chaos, das die Feuerwehr hinterlassen hatte, zu beseitigen. „Hier, Kind", Paula reichte Anna einen kleinen Drachenbaum, „pflanz den bitte dazwischen, sonst sieht es so langweilig aus!"

* * *

Kurz darauf winkte Anna fröhlich zum Abschied. Ihr Flug ging in zwei Stunden und sie musste noch die Schlüssel des Mietwagens zurückgeben. Sie warf einen Blick zurück auf die Anlage, die nach dem verheerenden Feuer notdürftig renoviert worden war und wieder ganz wohnlich wirkte. Auch der Garten sah mit den neuen Pflanzen fröhlich und einladend aus. Ganz würden die dunklen Flecken auf den Natursteinen aber wohl nicht mehr verschwinden. Die alten Leutchen standen im Vorgarten und winkten zurück. Der Brand hatte die sonst so zurückgezogenen Bewohner zusammen geschweißt und sie hatten Anna zu Ehren eine Flasche Sekt geköpft - eigentlich waren es eher vier gewesen - und Paula hatte gesagt, wie stolz sie auf ihre frisch gebackene Enkelin sei, die den dunklen Schatten von dem Haus genommen habe und man wolle die Anlage nun "Casa de la Luz", Haus des Lichts, statt "Casa Sombra", Haus des Schattens, nennen. Oma Paula konnte wirklich dramatisch sein, grinste Anna.

* * *

Gut gelaunt trat Anna einige Tage nach ihrer Rückreise aus dem Hamburger Redaktionsbüro. Der "Alte" war begeistert von ihrem kanarischen Krimi, wie er es nannte. Gleich in der nächsten Ausgabe wollte er ihren Bericht veröffentlichen. Jetzt musste sie sich nur noch einen passenden Schluss einfallen lassen. Sie nahm ihren Mantel, warf die Handtasche über die Schulter und fuhr mit ihrem roten VW Lupo nach Hause.

Während sie sich ein Glas Wein einschenkte, sah sie ihre Post durch. Ihr Blick fiel auf einem Umschlag, den zwei violette spanische Marken zierten. Hastig riss Anna ihn auf.

Liebe Anna,
nun bist du schon einige Tage fort, mein Kind, und du fehlst mir schon ganz schrecklich. Ich bin sehr glücklich, dass wir uns gefunden haben und du mich hoffentlich bald wieder besuchst. Hier gibt es auch einige Neuigkeiten, die dich interessieren werden. Nachdem Herr Starnberg ja nun im Gefängnis sitzt und so schnell auch nicht mehr herauskommen wird, haben meine alten Mitbewohner und ich beschlossen, unser "Casa de la Luz" selbst zu verwalten. Anna, du wärest stolz auf deine Oma, wenn du sehen würdest, wie ich die Bücher studiert habe und mit dem notario Gonzales ein Modell ausgearbeitet habe. Da jeder Heimbewohner einen offiziellen Kaufvertrag zu einer Eigentumswohnung besitzt, sind wir nun eine Eigentümergemeinschaft. Alle anderen Verträge, die von einer eventuellen Rückgabe der Wohnungen sprachen, sind praktischerweise verbrannt (das haben wir jedenfalls der Polizei gegenüber behauptet). Mercedes, die Reinigungsfrau und der Hausmeister Carlos bleiben weiterhin bei uns und zusätzlich haben wir weiteres Pflegepersonal eingestellt. Natürlich bin ich die Vorsitzende unseres neu gegründeten Wohnprojekts. Wer wäre besser dazu geeignet, oder Anna? Ich hoffe, bald von dir zu hören. In Liebe, deine Oma Paula."

Wenn das nicht ein schönes Ende für ihren Bericht war! "Nach Feuersbrunst: Senioren leiten ihr eigenes Heim". Ich glaube, da muss ich noch mal ganz genau recherchieren. Und zwar vor Ort, denn es soll ja ein besonders schöner Artikel werden, dachte sich Anna. Über den Rand des Briefes blickte sie auf ihren Computermonitor und ließ die Flugsuchmaschine ihren nächsten Flug nach Gran Canaria suchen. Dieses Mal dürfte der "Alte" ihr wohl die Reise bezahlen.

Wind Mord-Ost

Die Hände schmerzten unerträglich. Ihr war so unsagbar kalt, als läge sie auf einer gefrorenen und harten Eisscholle und triebe auf dem grenzenlosen Meer. Immer wieder driftete sie in eine gnädige Ohnmacht, nur um wenig später erneut zu erwachen und die Schmerzen wieder zu spüren. Sie lag unbequem auf ihren Händen. Sie beugte sich auf die Seite, um die Hände unter ihrem Körper hervorzuziehen, aber sie waren fest aneinander gebunden. Auch die Füße waren gefesselt. Sie stöhnte. Dann versuchte sie, die Füße auseinander zu bewegen und als das nicht ging, den einen Fuß in Richtung ihrer Oberschenkel zu ziehen. Keine Chance. Ihre sonst so kräftige Beinmuskulatur half ihr hier gar nicht. Etwas kleines, hartes huschte an ihrem Kopf vorbei. Ihr war schlecht und der Kopf hämmerte. Sie stöhnte und versuchte, sich aufzusetzen. Eine Woge der Übelkeit brandete über sie hinweg und ließ sie zurückfallen. Dabei schlug sie mit dem Kopf an einen Stein. Sie fluchte. Wo in Gottes Namen war sie bloß? Die Dunkelheit war undurchdringlich und die Luft roch muffig. Langsam gewöhnten sich ihre Augen an die Schwärze und sie konnte verschiedene Grauabstufungen wahrnehmen. Über ihr, ganz weit entfernt, ein Stern, mehrere Sterne, der Nachthimmel. War sie in einer Höhle? Sie konnte sich nicht mehr erinnern, wie sie hierher geraten war.

* * *

Drei Tage zuvor

Zwei Wochen Urlaub waren schnell vergangen. Tina und Birgit waren gut gelaunt und entspannt. Sie hatten bereits den Sicherheits-Check passiert und befanden sich in der Abflughalle des Flughafens Gando auf Gran Canaria, wo sie auf das Boarding für ihren Flug nach Hamburg warteten. Es war noch sehr früh und das Flugzeug würde erst in über einer Stunde starten.

Tina blickte Birgit zufrieden an. Insgeheim beglückwünschte sie sich zu der Idee, die Freundin zu diesem Entspannungsurlaub überredet zu haben. Noch bis vor zwei Wochen war Birgit ein Schatten ihrer selbst gewesen, hatte gebrochen gewirkt und melancholisch. Der Selbstmord ihres Vaters vor einem Jahr und der darauf folgende psychische Zusammenbruch ihrer Mutter hatten Birgits Welt aus den Fugen gehoben und lange Zeit hatte Birgit gewirkt, als sei sie körperlich gar nicht anwesend. Birgit war immer schon schlank gewesen, doch der Verlust ihres Vaters und die Verantwortung für ihre Mutter hatten sie mindestens noch

10kg abnehmen lassen, so dass sie hager und angespannt wirkte. Doch der Urlaub in der kanarischen Sonne hatte Birgit gut getan. Eine sanfte Bräune überzog ihr sonst so blasses Gesicht und ihre Augen blickten leuchtender. Sie lachte gerade über einen Satz in der Frauenzeitschrift, die sie sich für den langen Flug gekauft hatte.

"So langsam könnten die mal anfangen mit dem Boarding", maulte Tina.

Birgit blickte auf. "Wie lange dauert es denn noch?" Sie ließ ihren Blick über die Menschenmenge schweifen, die sich in Erwartung einer Sonderbehandlung schon vor dem Schalter am Gate A 21 aufgebaut hatte. Dann wanderte ihr Blick zurück zu der Schlange am Sicherheits-Check, den sie gerade passiert hatten. Ihre Augen verengten sich und ihr Mund wurde hart.

"40 Minuten bestimmt noch", meinte Tina.

"Ich glaube, ich bummele noch mal eben durch die Geschäfte und hole mir im Duty Free Shop kurz eine Handcreme. Passt du so lange auf unsere Sachen auf? Ich bin sofort wieder da!" Entschlossen warf Birgit ihre Zeitschrift zur Seite, nahm ihre Handtasche und schlenderte in Richtung Ladenzeile.

Tina schnappte sich die Zeitschrift, die auf dem blauen Kunstledersitz lag und vertiefte sich in die Lektüre. Zwanzig Minuten später legte sie die Zeitschrift wieder aus der Hand und schaute auf ihre Uhr.

"Komisch, dass Birgit noch nicht wieder da ist. Sie wollte doch nur ein paar Minuten wegbleiben", dachte sie. Sie schaute sich um, konnte die Freundin aber nirgends entdecken. Also nahm sie ihr Buch aus dem Rucksack und begann zu lesen. Doch nach wenigen Seiten legte sie auch den Kriminalroman wieder zur Seite. Unruhig schaute sie sich um. Wo blieb Birgit nur? Gleich würde ihr Flug aufgerufen werden und weit und breit war keine Spur von ihr. Tina erhob sich und wandte sich an ihre Sitznachbarin:

"Würden Sie wohl einen Moment auf den Rucksack aufpassen? Ich muss meine Freundin suchen. Sie sollte längst wieder hier sein. Vielleicht ist ihr schlecht geworden."

Die ältere Dame nickte freundlich und Tina wandte sich den Toilettenräumen zu. Plötzlich sah sie die Menschenmenge, die sich davor gebildet hatte. Einige reckten die Hälse, um eine bessere Sicht zu erhaschen. Tina rannte jetzt.

"Also doch", dachte sie, "vielleicht liegt Birgit dort ohnmächtig und der Flieger startet gleich ohne uns". Doch dann sah sie, dass die Menge sich vor der Herrentoilette versammelt hatte. "Lassen Sie mich durch", forderte sie einen fettleibigen Zuschauer auf und sie drängte sich an ihm vorbei. Dann jedoch wurde sie von einem jungen Mann vom Sicherheitsdienst festgehalten.

"Señorita, sorry, gehen Sie bitte zurück. Sie behindern die Polizei".

Tina wurde übel. Polizei? Was war hier geschehen? Und wo war Birgit? War ihr etwas passiert?

"Meine Freundin, ist sie da drinnen? Ich vermisse sie schon seit einer Dreiviertelstunde. Lassen Sie mich durch, ich muss zu ihr!" Und sie riss sich los und stürmte in den Waschraum. Was sie dort sah, ließ sie jäh innehalten. Eine riesige Blutlache erstreckte sich von den Toiletten bis zu den Waschbecken. An einer Toilettentür kauerte eine zusammengesunkene Gestalt. Es war nicht Birgit, zum Glück nicht. Aber den Mann hatte es schlimm erwischt. Sein Kinn war auf die Brust gesunken und gab den Blick auf eine blutumrandete Wunde am Hals frei. Seine weißen Finger umkrallten eine dicke Brieftasche, die in dem langsam gelierenden Blut lag. Offensichtlich war es kein Raubmord gewesen.

"Señorita!", ärgerlich erhob sich ein gut aussehender Spanier in einem grauen Anzug, der neben der Leiche gehockt hatte, und trat leichtfüßig auf Tina zu. "Sie haben überhaupt kein Recht hier einzudringen! Hier findet eine Mordermittlung statt. Gehen Sie bitte sofort zurück!"

„Hat das hier irgendetwas mit meiner Freundin zu tun? Ich kann sie nirgends finden!"

„So? Das ist ja interessant. Erzählen Sie doch mal!"

Tina beschrieb dem sympathischen Kommissar, wie Birgit plötzlich unauffindbar war, nachdem sie doch eigentlich nur schnell eine Handcreme in der Parfümerie kaufen wollte. Dann jedoch fiel ihr ein, dass sie Birgit vielleicht nicht gerade einen Gefallen tat, indem sie ihr Verschwinden mit dem Mord in Verbindung brachte. „Wahrscheinlich sitzt sie schon längst wieder an unserem Platz. Unser Flug wird auch gleich aufgerufen, ich muss los. Adios, Senor!"

„Nicht so hastig! Wir werden jetzt erst mal Ihre Freundin ausrufen. Den Namen bitte." Kurze Zeit später hörte Tina über den Flughafenlautsprecher, wie Birgit Hilprecht aus Hamburg ausgerufen wurde.

„Tut mir Leid, Señorita", der Kommissar sah Tina bedauernd an. „Ihren Flug müssen Sie leider verschieben. Ich brauche Ihre Aussage."

Tina wäre sowieso ohne Birgit nicht geflogen, also holte sie Birgits Rucksack und folgte dem Kommissar zu einem kleinen Büro außerhalb der Abflughalle. Der Raum war mit mehreren Monitoren und diversen elektronischen Gerätschaften ausgestattet, die von einer reiferen brünetten Frau in Flughafenuniform bedient wurden. Mit verkniffenem Mund schob sie ein angebissenes Croissant hinter den Monitor. Offensichtlich fühlte sie sich bei ihrer Snackpause erwischt.

„Carmen", wandte sich der Kommissar an sie. „Sie sehen heute wieder phantastisch aus. Diese Uniform steht Ihnen ausgezeichnet! Vielleicht können Sie mir helfen? Ich suche die Aufnahmen der letzten Stunde aus der Parfümerie."

„Claro", Carmen klapperte mit ihren falschen Wimpern. „Senor comisario, schauen Sie auf diesen Monitor. Welche Zeit soll ich einstellen?" Fragend schaute der Kommissar Tina an.

„Na ja, so um 8.20 Uhr ist sie ungefähr Richtung Duty Free Shop gegangen". Mit der Maus ihres Computers schob Carmen die Zeitleiste der Videodatei auf 8:20 und klickte den schnellen Vorlauf an. Nach einer Weile griff Tina dem

Kommissar an den Ärmel. „Hier ist sie! Stellen Sie mal normale Laufzeit ein." Mit Spannung beobachteten alle drei, wie Birgit etwas aus dem Regal nahm, sich an die Kasse stellte, einen jungen Mann vom Bodenpersonal anlächelte, der gerade vorbeiging, dann ihren Einkauf wieder ins Regal stellte und an der Kasse vorbei ging. Gleich darauf war sie vom Bildschirm verschwunden. In diesem Moment klingelte das Telefon. „Mendoza hier. Was sagen Sie? Bitte buchstabieren Sie. H-a-r-t-m-a-n-n, Lorenz, deutsches Opfer. Aus Stuttgart, sagen Sie? Danke." Er knallte den Telefonhörer auf die Gabel und wandte sich Tina zu.

„Danke für Ihre Hilfe. Nun wissen wir, wie ihre Freundin aussieht und wir werden alle anderen Überwachungskameras vergleichen. Auf Wiedersehen, Señorita. Halten Sie sich für uns verfügbar und hinterlassen Sie Ihre Anschrift."

„Anschrift ist gut," dachte Tina. „Ich muss jetzt selber erst mal sehen, wo ich bleibe."

* * *

Kurze Zeit später streckte sich Tina in ihrem Pensionszimmer auf dem Sofa aus. Sie hatte Glück gehabt und eine preiswerte Bleibe in Vecindario in der Nähe des Flughafens gefunden. Gedankenverloren hängte sie ihre Kleider auf einen Bügel, die sie gerade am Vortag in ihrem Koffer verstaut hatte. „Was ist das nur für eine komische Geschichte", dachte sie. Wieder ließ sie die Videoaufnahme vor ihrem inneren Auge ablaufen.

Dann stutzte sie. Da war doch dieser junge Mann vom Bodenpersonal, den Birgit angelächelt hatte, als sie an der Kasse des Duty Free Shops stand. Vielleicht hatte er Birgit noch hinterher geblickt und konnte einen Hinweis geben, in welche Richtung sie gelaufen war. Sie schaute auf die Uhr. Mit Glück konnte sie ihn nach Feierabend vor dem Flughafen abfangen. Schnell schnappte sie sich ihre Tasche, zog ihre orangefarbene Blousonjacke an und suchte sich das nächste Taxi zum Flughafen. Lächelnd ging sie auf einen Schalter zu und fragte die junge Frau, wo man die besten Chancen hätte, jemandem vom Personal aus dem Sicherheitsbereich zu treffen. „Wissen Sie", raunte sie verschwörerisch, „da war dieser irre gut aussehende Typ. Ich muss ihn einfach noch einmal sehen". Lachend wies ihr Gegenüber ihr den Weg zum Personalausgang.

Sonja hatte sich auf eine lange Wartezeit eingerichtet. Doch sie hatte noch nicht einmal alle Müsliriegel aufgeknabbert als sie ihr Opfer erspähte. Er hatte sich inzwischen umgezogen und trug eine helle Jeans und ein T-Shirt. „Er sieht wirklich gar nicht schlecht aus", dachte Tina. „Entschuldigung", rief sie ihm zu, „ich brauche Sie einmal!" Dabei warf sie ihm einen tiefen Blick unter ihren Wimpern zu.

„Si?"

„Erinnern Sie sich an meine Freundin?", Tina beschrieb das Aussehen und die Kleidung von Birgit. „Sie stand an der Kasse des Duty Free Geschäfts und Sie beide haben sich herzlich zugelächelt. Sie ist von einem Moment auf den anderen verschwunden. Einfach weg. Ich muss sie unbedingt wiederfinden. Und ich mache mir riesige Sorgen." Ärgerlich nahm Tina wahr, wie ihr Tränen in die Augen stiegen.

Die Augen des jungen Mannes flackerten unruhig. Er blickte an Tina vorbei.

„Nie gesehen, sorry".

Tina blickte ihn prüfend an. Es war offensichtlich, dass er log. Damit hatte sie nicht gerechnet.

„Warten Sie, ich möchte Ihnen ein Foto von ihr zeigen". Sie wischte so lange über ihr Handy, bis sie das Selfie fand, das Birgit und sie am Schmuckstand auf dem Wochenmarkt zeigte. Dieses Mal schüttelte er den Kopf noch heftiger. „Nie gesehen, ich schwöre!" Diese vehemente Reaktion verblüffte Tina und sie beschloss, ihn etwas unter Druck zu setzen.

„Hören Sie", ich weiß, dass Sie miteinander gesprochen haben, sich vielleicht sogar verabredet haben. Das brauchen Sie gar nicht abzustreiten!", improvisierte sie. „Wenn Sie mir nicht genau sagen, was Sie besprochen haben, werde ich Kommissar Mendoza erzählen, dass Sie der letzte waren, der meine Freundin gesehen hat. Sie wird polizeilich gesucht!" Fast hatte sie ein schlechtes Gewissen, dass sie ihm so zusetzte, aber sie durfte jetzt nicht zimperlich sein. „Wenn Sie mir alles erzählen, was Sie über meine Freundin wissen, werde ich Sie nicht verraten."

„Es war merkwürdig", plötzlich sprudelten die Worte nur so aus seinem Mund. „Ich hatte sie gefragt, wohin sie fliegt und ob sie mir ihre Telefonnummer geben würde, immerhin sieht sie ganz schön knackig aus, da klammerte sie sich plötzlich an mich. Fast den Arm hat sie mir abgedrückt. Sie sagte, sie werde verfolgt und bedroht und dürfe auf keinen Fall in den Flieger nach Hamburg steigen. Sie müsse sofort raus aus dem Flughafen. Nun, ich habe ihr nicht geglaubt, aber sie war so verzweifelt, dass ich ihr den Personalausgang gezeigt und sie durch die erste Sperre durchgeschleust habe. Verraten Sie das bloß keinem, sonst sitze ich in der Klemme!"

„Keine Sorge. Danke, Sie haben mir sehr geholfen." Tina wusste noch nicht so recht, wie sie diese Information einordnen sollte. Zumindest wusste sie, dass Birgit lebte und nicht mehr am Flughafen war. Abgereist war sie also auch nicht. Das hieß, sie musste jetzt irgendwo auf der Insel sein und offensichtlich in Schwierigkeiten stecken. Tina seufzte. Wie konnte sie Birgit bloß aufspüren?

* * *

Müde verließ sie das Flughafengebäude. Im Südwesten der Insel färbte sich der Himmel langsam rot, die Sonne stand schon sehr tief. Vor dem Flughafen waren mehrere Palmen gepflanzt, die von leuchtend lilafarbenen Bougainvillen umringt waren. Tina hielt einen Moment inne, um dem Rascheln der Palmen zu lauschen. Wie sie dieses Geräusch liebte! Nach längerem Suchen fand sie einen Bus, der über die einzelnen Dörfer in den Süden der Insel fuhr. In Vecindario stieg sie aus, kaufte sich ein Brötchen und setzte sich am

Marktplatz auf eine Bank unter Lorbeerbäumen. Sie dachte nach. Irgendein Zusammenhang musste bestehen zwischen dem Mord an dem Mann und dem Verschwinden von Birgit. Aber welcher. Wie hieß der Ermordete noch mal? Hartmann, hatte Kommissar Mendoza am Telefon gesagt. Aus Stuttgart. Kam nicht Birgit auch ursprünglich aus Stuttgart, bevor sie nach Hamburg gezogen war? Vielleicht sollte sie einfach mal im Internet recherchieren, was sie bei Lorenz Hartmann für Ergebnisse fand. Schnell stand sie auf, wischte sich die Krümel von ihrer Hose und lief zu ihrer Pension. Sie holte den Laptop hervor und gab, nachdem er, wie es ihr vorkam, endlos benötigte um hochzufahren, einige Daten in die Suchmaschine ein. Sie stöhnte als sie sah, wie viele Treffer sie bei dem Namen bekam. Nach und nach klickte sie sich durch die Treffer durch.

Hier bot ein Hartmann homöopathische Behandlungen für sensible Hunde an. Dort war ein Hartmann, der keinen Hehl aus seinen politischen Ambitionen machte. Er wollte die Wähler mit einem umfangreichen Konzept über freies Bahnfahren für alle gewinnen. Tina klickte weiter. Dann wieder einer, der im letzten Jahr seine Firma durch schlechtes Management und durch die Beteiligung an einem Wirtschaftsdelikt in den Konkurs geritten hatte. 26 Mitarbeiter hatten daraufhin ihren Arbeitsplatz verloren, einer von ihnen hatte sich sogar aus Verzweiflung darüber das

Leben genommen. Der nächste Hartmann war Verleger einer Zeitschrift für Kleinanzeigen.

„Kleinanzeigen!", schoss es Tina durch den Kopf. Vielleicht kann ich so etwas mehr über diesen Herrn Hartmann erfahren. Mit einigen weiteren Klicks hatte Tina ein Internetforum gefunden, in dem man das geballte Wissen einer größeren Community zu diversen Themen abgreifen konnte. Sie gab als Suchbegriff Lorenz Hartmann ein. Spontan gab sie noch Birgit Hilprecht in der Suchmaske ein. Als Chatnamen wählte sie Sunny Girls, denn mit diesem Begriff hatten Birgit und sie sich in Playa Ingles spaßeshalber Zwillings T-shirts bedrucken lassen. Befriedigt lehnte sie sich zurück. Dass sie nun interessante Informationen über diese Seite erhielt, konnte sie sich nicht wirklich vorstellen, aber es tat gut, überhaupt etwas zu tun, um Birgit zu finden. Noch einmal nahm sie ihr Handy und wählte Birgits Nummer, aber offensichtlich war es noch immer abgeschaltet. Dann schickte sie eine SMS hinterher. „Hallo Birgit. Melde dich dringend. Kennst du einen Lorenz Hartmann? Hattest du nicht früher in Stuttgart gewohnt?" Noch einmal checkte sie ihre E-Mails, ob Birgit sich inzwischen gemeldet hatte, doch es waren nur die üblichen Spams. „Birgit, melde dich", beschwor Tina ihren Laptop. Dann loggte sie sich aus, klappte den Laptop zu und ging zu Bett.

Am nächsten Morgen galt ihr erster Blick ihrem Handy, doch sie hatte immer noch keine Nachricht von Birgit. Unruhig blickte Tina aus dem Fenster. Dieser Lorenz Hartmann ging ihr nicht aus dem Kopf. Ob er alleine auf der Insel gewesen war? Wahrscheinlich, denn sonst wäre ja noch jemand mit ihm zurückgeflogen. Der Kommissar wusste inzwischen bestimmt mehr. Vielleicht sollte sie noch einmal mit ihm telefonieren. Irgendwie hatte sie das Gefühl, dass Lorenz Hartmann der Schlüssel zu Birgits Verschwinden war. Sie kramte die Visitenkarte des Kommissars heraus und wählte seine Nummer.

„Digame!"

„Senor commissario", flötete Tina in ihr Handy. Ihr war klar, dass sie hier geschickt vorgehen musste. „Haben Sie schon neue Erkenntnisse, wer der Tote auf der Herrentoilette ist? Ich meine, mich zu erinnern, dass Sie gestern einen Namen genannt haben, Lorenz Hartmann. Hat er hier Urlaub gemacht?"

„Warum wollen Sie das wissen? Haben Sie inzwischen etwas von Ihrer Freundin gehört?"

„Nein, nicht direkt. Dieser Hartmann, der hat doch hier Urlaub gemacht, oder?"

„Lorenz Hartmann hatte in Santa Brigida ein Haus. Er wohnte hier. Was meinen Sie mit ‚nicht direkt'? Was haben Sie denn indirekt von Ihrer Freundin gehört?"

„Ich rufe Sie wieder an, wenn ich weiß, wo sie ist. Versprochen. Adios!"

Sie legte auf, zog sich an und schlenderte zum Frühstücksraum. Ein Haus in Santa Brigida. Das war

interessant. Sie ließ sich am Frühstückstisch nieder und goss sich eine Tasse Kaffee ein. In einem Korb in der Mitte des Tisches lagen die typischen kanarischen langen weißen Brötchen mit Koriander Körnchen, die Tina so sehr liebte. Sie nahm sich eines, schnitt es durch und bestrich eine Hälfte mit Bienmesabe, einer typischen Inselspezialität. Sie liebte den Geschmack von Mandeln und Honig.
"Was für ein merkwürdiger Produktname!", dachte sie. "Bienmesabe - Schmecktmirgut heißt das übersetzt."
Welcher von den Hartmännern, die sie gestern im Internet gefunden hatte, war wohl Besitzer eines Hauses in Spanien? Klarer Fall, sie musste dieses Haus finden. Vielleicht gab es dort eine Ehefrau, eine Haushälterin, einen Gärtner oder Ähnliches, die ihre Neugier befriedigen konnte. Vielleicht fand sie dort einen Hinweis auf den Verbleib von Birgit. Warum meldete sie sich nur nicht?

Frustriert stopfte sie ihr Handy in die Tasche. Nachdem sie ihr Frühstück beendet hatte, verließ sie ihre Bleibe. Auf der Straße blickte sie suchend um sich. Wie kam sie jetzt zum nächsten Mietwagenverleih?

* * *

Kommissar Mendoza legte den Telefonhörer auf. Alle Kommissariate auf Gran Canaria waren inzwischen über das Verschwinden von Birgit Hilprecht informiert worden. Eine

Ausschnittvergrößerung aus dem Video am Duty Free Shop diente als Suchfoto von ihr. Trotzdem gab es noch keinen Hinweis. Und das ärgerte ihn. Und auch diese andere Deutsche, diese Tina, war irgendwie verdächtig, fand er. Hatte sie vielleicht schon mit ihrer Freundin Kontakt aufgenommen und es ihm verschwiegen? Vielleicht wäre es besser, sie zu überwachen. Mit Glück würde sie ihn direkt zu seiner Hauptverdächtigen führen. „Ramon", brüllte er in den Nebenraum. „Eine Aufgabe für dich!". Er wedelte mit einem großen Bogen, auf dem Tinas Personalien, ihre Handy-Nr. und die Anschrift ihrer Pension standen. Zum Glück hatte er Tinas Personalausweis mit ihrem Bild fotokopiert.

„Hefte dich an diese junge Frau", instruierte er Ramon. „Aber lass dich dabei nicht erwischen. Sie ist noch nicht verdächtig. Ich will nur herauskriegen, ob sie uns zu der Verdächtigen im Mordfall Hartmann führen kann." Ramon nahm die Unterlagen und inspizierte das Foto auf dem Personalausweis. Dann grinste er süffisant.

„Einverstanden. Wie nahe darf ich heran?"

„An die Fersen heften. Nicht mehr! Und lass dein blödes Macho-Gehabe! Los jetzt!"

* * *

Tina hatte sich inzwischen für einen gelben Opel Corsa entschieden. Frisch geputzt und nur ein wenig staubig stand er auf dem Parkplatz des Mietwagenverleihs. Schlagartig besserte sich ihre Stimmung. Tina schloss die Fahrertür auf und entfaltete die Straßenkarte. Nach längerem Suchen entdeckte sie rechts oben auf der Karte die kleine Ortschaft Sta. Brigida 20 km südlichwestlich von Las Palmas. Der Rückwärtsgang ließ sich etwas schwer einlegen, aber schließlich setzte Tina zurück und schoss auf die Calle Tirma. Für einen normalen Wochentag war der Verkehr relativ ruhig, so dass sie sich entschied, die kleineren Straßen zu nehmen und nicht die Autobahn. Auf diese Weise konnte sie die schöne, bergige Landschaft vor der Nord-Ost Küste Gran Canarias genießen. Vielleicht würde sie auch noch einen Blick auf den tiefen Krater Caldera de Bandama werfen, das hatten sie und Birgit eigentlich noch vorgehabt, aber nicht mehr geschafft, weil der Urlaub dann doch so schnell vorbei war. Angeblich lebte unten auf dem Boden des Kraters ein alter Mann. Das wäre ja nichts für sie. Was, wenn man spontan Schuhe kaufen wollte? Da brauchte man ja Stunden, bis man im nächsten Geschäft war.

Mühsam kletterte der kleine Corsa die steilen Serpentinen hoch. Der rechte abschüssige Rand der Straße war mit Pinien bepflanzt, die durch den ständig wehenden Nord-Ost Passatwind schon so schräg gewachsen waren, als wollten sie sich gleich auf die Straße werfen. Der Weg schraubte sich weiter in die bergige Landschaft hinein und Tina blickte nervös auf ihre Uhr. In drei Stunden würde die Sonne untergehen. Hoffentlich war sie bis dahin schon fertig mit ihrer Mission im Hause des Herrn Hartmann, wie auch immer diese Mission aussehen würde, denn bei Dunkelheit konnte es hier oben bestimmt ganz schön ungemütlich werden, so eng wie die Straße war. Die Besichtigung des Kraters würde sie lieber auf ein andres Mal verschieben. Außerdem musste sie den Mietwagen noch bis 20 Uhr abgeben. Für den Rückweg würde sie jedenfalls die kürzere Strecke über die Autobahn nehmen.

Links von ihr erstreckten sich graue Felsen, die nur spärlich bewachsen waren. Hin und wieder erspähte sie schwarze Öffnungen im Bergmassiv, die wie verzerrte Münder aufgerissen waren. Sie erinnerte sich, in ihrem Reiseführer gelesen zu haben, dass es sich um ehemalige Höhlen der Ureinwohner Gran Canarias, der Guanchen, handelte. Diese hatten sich in bestehende Höhlen zurückgezogen, um dort ihr Dasein geschützt vor Wind, Wetter und plündernden Piraten zu fristen. Einige dieser Höhlen waren inzwischen von ausländischen Aussteigern belegt, die ihre teuren heimischen Mietwohnungen gegen diese luftige und kostenfreie Alternative eingetauscht hatten. Tina schüttelte sich. Bestimmt gab es dort auch Ratten. Jedenfalls schrieb der Reiseführer, dass etliche dieser Höhlen zu großen Müllhalden verkommen waren und rostige Konservendosen und unzählige Papierfähnchen von einem angeblich alternativen Lebensstil zeugten.

Ungefähr eine Stunde später passierte Tina das schiefe Ortsschild von Sta. Brigida. Sie stieg aus dem Wagen und schaute sich skeptisch um. Dieser Ort war doch um einiges größer als sie angenommen hatte. Jetzt galt es, das Haus von Herrn Hartmann zu finden. Langsam fuhr sie durch das verschlafene Örtchen bis sie am Ende der Hauptstraße ein offenes Café erspähte. Hier würde sie sich mal unauffällig umhören. Sie stellte den Wagen ab, griff sich ihre Handtasche und setzte sich an einen der blank geputzten Tische, die auf dem Fußweg standen. „Hola señora, un cafe con leche, por favor", rief sie die Bedienung herbei.

Eine halbe Stunde und zwei Café con Leche weiter zog sie zufrieden los. Es war leichter gewesen als sie angenommen hatte, und mit der Wegbeschreibung, die sie im Café erhalten hatte, fand sie das kleine Einzelhaus, das der Deutsche sich, wie sie erfahren hatte, im letzten Jahr gekauft hatte.

Sie ließ ihren Blick über die weiß verputzte Fassade schweifen. Hierhin würde der arme Lorenz Hartmann also nie wieder zurückkehren. Einen Moment lang war Tina unschlüssig, ob sie wirklich klingeln sollte. Wenn es tatsächlich eine Frau Hartmann gab, dann würde diese nicht gerade begeistert sein über die privaten Ermittlungen der Freundin einer Frau, die im Moment als Hauptverdächtige im Mordfall ihres Mannes galt.

Egal. Es ging darum, Birgit zu finden und sie von dem Verdacht, der auf ihr lag, zu befreien. Beherzt trat sie auf die Haustür zu und drückte den Klingelknopf.

* * *

Ramon hatte es sich in seinem Honda bequem gemacht. Das staubige Seitenfenster hatte er heruntergelassen, um einen besseren Blick auf die Pension zu erhaschen, deren Adresse er vorhin von Kommissar Mendoza erhalten hatte. Wenn diese Tina Sonstwie herauskam, wäre er sofort bereit, die Verfolgung aufzunehmen. Aber es rührte sich nichts. Weder kamen Gäste hinein noch gingen welche hinaus. Er trank einen Schluck aus seiner mitgebrachten Cola Flasche und aß einen Schokoriegel, der bereits angeschmolzen war. Die Nachmittagshitze machte ihm zu schaffen und langsam döste er ein.

* * *

Tina hatte kaum den Finger von der Klingel genommen, als sich die Tür langsam öffnete. Sprachlos blickte Tina in das Gesicht ihrer Freundin Birgit. Diese sah furchtbar aus. Ihre gesunde Urlaubsbräune war einer kranken Blässe gewichen und ihre Augen huschten unruhig hin und her. Sie blickte Tina an. „Los komm rein". Das klang ein bisschen unfreundlich.
„Ich fasse es gar nicht, was machst du denn hier, Birgit. Alle suchen dich wie verrückt. Wo warst du. Warum meldest du dich nicht?"
„Wie bist du denn auf diese Adresse gekommen? Ach egal, komm rein, ich brauche deine Hilfe. Ich stecke in

Schwierigkeiten. Ich erzähle dir gleich alles. Möchtest du ein Glas Saft?"

„Ja, von mir aus. Wieso bist du hier in dem Haus vom Hartmann? Mensch, bin ich froh, dich zu sehen! Stell dir vor, es gab einen Mord am Flughafen und du wirst verdächtigt. Wir müssen sofort zum Kommissariat, um dich von dem Verdacht reinzuwaschen!"

„Komm jetzt erst mal rein, wir trinken jetzt etwas."

Vorsichtig trat Tina ein. „Wie bist du denn hier überhaupt reingekommen? Wohnt hier noch jemand?"

Birgit führte Tina an ihrem Arm ins Wohnzimmer. Es war sehr behaglich eingerichtet. Ein schwarz weißes Kuhfell hing an der Wand. Um einen niedrigen Glastisch herum standen vier gepolsterte Hocker. An der Wand hing ein riesiger Fernseher und in einigem Abstand davor stand ein gemütlich aussehendes Sofa mit großen Kissen. Birgit gab Tina einen kleinen Schubs, so dass sie auf das Sofa plumpste. Dann verschwand sie in der Küche und kam kurz darauf mit einem Glas mit Orangensaft wieder, das sie Tina in die Hand drückte.

„Hör zu. Ich erzähle dir jetzt etwas. Aber erst trink ein paar Schlucke."

Gehorsam führte Tina das Glas zum Mund und schaute Birgit erwartungsvoll an. Der Orangensaft hatte offensichtlich schon länger gestanden und schmeckte etwas bitter. Erst jetzt merkte Tina, wie durstig sie war. Gierig trank sie das Glas aus.

„Hör zu, ich konnte nicht in das Flugzeug steigen. Ich habe jemanden gesehen auf dem Flughafen. Das musst du verstehen. Tina? Alles klar mit dir?"

Tina fiel es zunehmend schwer sich zu konzentrieren und die Augen offenzuhalten. Vielleicht war die Fahrt doch etwas zu anstrengend gewesen. Das Zimmer drehte sich um sie.

„Tina, guck mich an!", befahl Birgit. „Sag mir, was du weißt!"

„Wa scholli?", lallte Tina, und dann kicherte sie los, „scholli, lolli,

„Tina, reiß dich zusammen. Ich will wissen, wie du darauf gekommen bist, mich hier zu suchen!"

„Kuchen? Legaga!" Immer schneller drehte sich das Zimmer um Tina. „Isch gehe jetzt." Tina stand auf, doch ihre Beine wollten sie nicht tragen. Ihre Augen klappten nach oben und sie krachte bewusstlos auf den Boden vor dem Sofa.

„Tina?" Unsanft hob Birgit Tinas Augenlider an. Dann fasste sie Tinas Arme und schleifte sie zur Terrassentür. Tina stöhnte, doch sie wachte nicht auf. Mitleidig blickte Birgit die bewusstlose Tina an. „Warum hast du dich bloß eingemischt, Tina." In Tinas Handtasche fand Birgit die Schlüssel für den Mietwagen, den sie nun auf den hinteren Stellplatz umsetzte. Noch eine Stunde, dann würde es so dunkel sein, dass sie Tina gefahrlos in das Auto verfrachten konnte. Bei der Menge an Rohypnol, die Birgit in Hartmanns Badezimmer gefunden und Tina im Orangensaft verabreicht hatte, würde Tina mindestens zehn Stunden außer Gefecht gesetzt sein. Aber was dann? Birgit setzte sich auf einen der Hocker und dachte nach. Das Ergebnis ihrer Gedankenarbeit gefiel ihr nicht, aber es musste sein. Doch bis dahin würde sie noch hier mit ihrer Arbeit fortfahren.

Langsam senkte sich die Nacht über die Insel. Im Schutze der Dunkelheit manövrierte Birgit die bewegungslose Freundin in den kleinen Mietwagen. Sie ächzte unter der schweren Last, doch schließlich hatte sie es geschafft, dass Tinas bewusstloser Körper auf den hinteren Sitzen lag. Sie setzte sich ans Steuer und fuhr aus dem Ort hinaus. Der Weg in die Berge folgte einer schmalen Straße, die nur notdürftig befestigt war. Kurz darauf bog Birgit in einen Serpentinenpfad ein. Der Corsa stöhnte mühsam, als Birigt das Steuer herumriss und ihn auf eine kleine Anhöhe klettern ließ, an deren Ende sich ein steiniger Platz befand. Dort stellte sie den Motor ab und blickte sich um. Befriedigt sah sie, dass direkt oberhalb ihres improvisierten Parkplatzes der Eingang einer Höhle lag, die sie zufällig am Vortag entdeckt hatte. Von der Straße aus war diese Öffnung im Berg nicht zu sehen.
Wenig Zeit später lag Tina gefesselt und gut verschnürt auf dem steinigen Boden der Höhle.

* * *

Ramon war inzwischen aufgewacht. Seine Schultern waren durch die unbequeme Schlafhaltung verspannt und schmerzten. Er dehnte seinen Nacken nach links und nach rechts. Hoffentlich war das Vögelchen nicht während seines tiefen Schlafs auf Wanderschaft gegangen. Dann würde er von seinem Vorgesetzten garantiert ordentlich vorgeführt werden. Er beschloss, die Pensionswirtin zu befragen. „No", meinte diese „la Señorita allemana no esta en casa". Also doch ausgeflogen. Wie unangenehm, fand Ramon. Hoffentlich war sie jetzt nicht gerade auf dem Weg zu dieser verdächtigen Freundin. Das würde sein Chef ihm bestimmt nicht verzeihen. Nun ja, dann konnte er ebenso gut nach Hause fahren, aber nicht ohne den Umweg über seine Stammkneipe, die immer eine leckere cervesa und einige frische Tapas servierten.

* * *

„Du hast WAS?" Krachend ließ Kommissar Mendoza seine Faust auf die Kunststoff-Unterlage seines Arbeitstisches knallen. Kleinlaut blickte Ramon zu Boden. „Ich dachte, sie wäre zu Hause. Deshalb habe ich den ganzen Nachmittag und Abend dort Position bezogen. Aber sie hat sich nicht blicken lassen." „Natürlich nicht! Weil sie nämlich schon längst unterwegs war. Mit einem Mietwagen. Und rate mal, woher ich das weiß. Der Mietwagen-Verleih hat heute Morgen Anzeige erstattet. Sie hat das Auto nicht vertragsgemäß gestern Nachmittag zurückgegeben, sondern kurvt wahrscheinlich noch fröhlich in der Gegend umher oder ist schon auf dem Weg zu unserer Hauptverdächtigen. Und du hast deinen Hintern im Auto vor ihrer Pension plattgesessen und wahrscheinlich wieder deine komischen belegten Sandwiches gefuttert!"

„Habe ich nicht. Kein Sandwich."

„Wie auch immer. Du hast Glück. Die Mietwagen sind mit GPS ausgestattet und der Inhaber des Verleihs wird uns nachher mitteilen, wo der Wagen steht. Dann darfst du die Kleine abkassieren. Aber verbock es nicht noch einmal!"

„Ja, Chef!" Eilig verließ Ramon das Büro seines Vorgesetzten, bevor dieser seine Strafpredigt fortsetzen konnte.

Kommissar Mendoza lehnte sich in seinem Ledersessel zurück und legte die Füße auf seinen Schreibtisch. Nachdenklich blickte er aus seinem Fenster. Jetzt konnte er nur noch abwarten.

* * *

Langsam dämmerte der Morgen und genauso langsam kehrte Tinas Gedächtnis zurück. Sie hatte gestern Birgit wieder gesehen. Birgit war im Hause von Lorenz Hartmann gewesen und hatte dort etwas gesucht. Aber wie war sie in das Haus gekommen? Die Tür hatte intakt ausgesehen. Die Fenster auch. Hatte sie einen Schlüssel gehabt? Dann hatten sie sofort etwas getrunken, bevor Birgit ihr irgendeine Erklärung geliefert hatte. Aber Birgit hatte versprochen, ihr alles zu erzählen. Ihr war schwindelig geworden beim Trinken. Und dann – nichts mehr. Wie war sie hierher gekommen in diese Höhle? Wieder versuchte sie, den Kopf zu heben und sank stöhnend zurück. Die Fesseln schnitten ihr in die

Handgelenke und in die Fußknöchel. Warum nur war sie gefesselt? Wer hatte sie hierher gebracht? Wenn sie sich nur hinstellen könnte, dann wäre es ihr vielleicht möglich, aus der Höhle herauszuhüpfen. Mit Schwung drehte Tina sich auf den Bauch. Dann drückte sie ihren Oberkörper und das Becken langsam hoch, bis sie auf ihren Knien hockte. Tina schnaufte. Dieser kleine Bewegungsablauf hatte sie völlig entkräftet. Normalerweise war Tina sehr stolz auf ihre Kondition. Durch regelmäßiges Fahrradfahren hatte sie eine ausgezeichnete körperliche Verfassung und kräftige Beinmuskeln. Aber die Kopfschmerzen und die Übelkeit raubten ihr die Energie.

Tina wartete, bis ihr klopfendes Herz sich beruhigt hatte, dann stieß sie sich so kräftig wie sie konnte mit den Füßen vom Boden ab, wobei sie gleichzeitig das Gewicht nach hinten schob. Schließlich stand sie unsicher wackelnd auf ihren gefesselten Füßen.
Sie hatte sich so sehr auf ihre Aktivität konzentriert, dass sie die sich nähernden Schritte nicht gehört hatte. Plötzlich vernahm sie eine Stimme.
„Hallo Tina. Schön, dich so munter zu sehen!"
Birgit kam langsam auf Tina zu.
„Birgit, Gottseidank, du hast mich gefunden. Schnell, binde mich los, bevor er wiederkommt. Wer auch immer mich hier gefangen hält."
„Schäfchen. Was meinst du, wer dich hierher gebracht hat?"
Ungläubig blickte Tina Birgit an: „Du?"

„Tina, es gibt da etwas, das du nicht verstehst. Aber ich habe keine Zeit mehr, es dir zu erklären. Ich möchte nur, dass du eines weißt: Es tut mir Leid."

„Ich verstehe nicht. Sag mir nicht, dass du Lorenz Hartmann umgebracht hast. Das glaube ich nicht. Ich kenne dich doch!"

„Du verstehst es nicht. Lorenz Hartmann hat meinen Vater getötet. Nicht direkt, aber er hat seine Firma leichtsinnig den Bach runtergehen lassen. Er hat Gelder veruntreut und er war völlig inkompetent. Es war seine Schuld, dass mein Vater sich erhängt hat. Und meine Mutter hat ihm ihren Zusammenbruch zu verdanken. Sie wird nie wieder vollkommen gesund werden. Als ich Hartmann zufällig auf dem Flughafen sah, kam alles wieder hoch und ich habe nur noch rot gesehen."

„Das glaube ich dir nicht. Er hätte sich gegen dich zur Wehr gesetzt. Immerhin war er viel stärker als du."

Ein unschönes Lächeln stahl sich auf Birgits Gesicht.

„Ja, aber ich habe ihn kalt erwischt. Ich bin ihm auf die Herrentoilette gefolgt und als er mich dort am Waschbecken stehen sah, wollte er mich angraben. Hatte sogar schon seine Brieftasche herausgezogen, um mir Geld für eine schnelle Nummer zu bieten. Ich hatte aber schon, während er sich hinter der geschlossenen Tür noch erleichtert hat, den Seifenspender aufgeschraubt. Das habe ich mal in einem Film gesehen. Das Rohr ist bei den alten Spendern nämlich aus Metall. Und das habe ich ihm in die Halsschlagader gerammt. Wütend genug war ich dafür. Das Schwein hat geblutet, sage ich dir! Gottseidank sah man die Flecke auf meiner dunklen Bluse nicht."

„Birgit, stelle dich der Polizei. Man wird es verstehen. Sie werden dir mildernde Umstände zubilligen."

Bedauernd blickte Birgit Tina an.

„Das ist nicht nötig, Tina. Keiner kann mir etwas nachweisen. Falls man mich am Flughafen aufhält, werde ich sagen, dass ich neulich eine plötzliche Panikattacke hatte und deswegen aus der Abflughalle geflüchtet bin. Ich habe Hartmanns Hausschlüssel in seiner Jackentasche gefunden und bei ihm zu Hause alle Unterlagen vernichtet, auf denen der Name meines Vaters steht. Du bist jetzt die Einzige, die die Zusammenhänge kennt und die weiß, was Hartmann uns angetan hat. Warum hast du dich nur eingemischt? Warum bist du nicht nach Hause geflogen? Es tut mir Leid. Komm jetzt."

Sie zog ein Teppichmesser aus ihrer Jackentasche und schob die Klinge einige Zentimeter hervor. Damit beugte sie sich nach unten und zerschnitt Tinas Fußfesseln. Dann schubste sie Tina unsanft in Richtung Höhlenausgang.

Tina blieb nichts anderes übrig als diesem Stoß zu folgen, wenn sie nicht umfallen wollte. Ihre Füße brannten und schmerzten, weil die Fesseln ihr so lange das Blut abgedrückt hatten. Gleichzeitig überschlugen sich ihre Gedanken. Wohin gingen sie jetzt. Was hatte Birgit vor?

Entschlossen drängte Birgit Tina zum Ausgang der Höhle. Das Teppichmesser hielt sie dabei wie eine Waffe vor sich gestreckt.

Draußen musste Tina die Augen zusammenkneifen. Die Sonne stand hoch am Himmel und blendete Tinas Augen, die noch an die Dunkelheit in der Höhle angepasst waren. Sie atmete tief durch. Was würde jetzt geschehen? Birgits Worte in der Höhe hatten irgendwie bedrohlich geklungen. Wollte Birgit sie jetzt umbringen?

Tina sah sich um. Sie hatte zwar keine Ahnung, wo sie sich befand, aber vielleicht könnte sie jetzt fliehen. Mit den Armen auf dem Rücken gefesselt würde sie zwar etwas langsamer sein, aber die Füße waren frei und sie hätte wenigstens eine Chance. Alles war besser als wie ein Schaf zur Schlachtbank geführt zu werden. Tinas Blick streifte den Mietwagen, den Birgit sich am Vortag angeeignet hatte und der jetzt in der Nähe der Höhle am Ende eines engen Pfades stand. Vielleicht schaffte sie es, noch vor Birgit beim Auto zu sein und loszufahren. Aber wenn der Schlüssel nicht steckte, würde es ihr nichts helfen. Außerdem, wie sollte sie lenken mit gefesselten Händen?

Inzwischen trieb Birgit Tina unbarmherzig weiter auf dem Felsgelände entlang. Plötzlich öffnete sich vor ihnen ein Tal. Auf terrassenförmig übereinander liegenden Weiden konnte Tina in der Ferne Ziegen erkennen und das feine Gebimmel ihrer Glocken hören. Unglaublich, dass die so harmlos an den Gräsern zupften, während sie hier um ihr Leben bangen musste. In ihrem Reiseführer hatte sie gelesen, dass jeder Besitzer seinen Ziegen Glocken mit einem anderen Klang umband, so dass sie allein durch den Glockenton ihrem Eigner zugewiesen werden konnten. Mussten dann alle Ziegen jeden Abend geschüttelt werden, damit die Glocken einem erzählten, zu wem die Ziege gehörte? Tina klammerte sich an diesen Gedanken, weil sie nicht darüber nachdenken wollte, was es bedeutete, dass Birgit sie mit ihrem Teppichmesser langsam auf einen vorspringenden Felsen lenkte.

* * *

Nachdem Ramon den ganzen Vormittag auf den Anruf der Autovermietung gewartet hatte, teilte man ihm gegen Mittag endlich den Standort des gemieteten Wagens mit. Hastig warf er sein frisches Sardinen-Sandwich mitten auf den Schreibtisch und griff seine Autoschlüssel. Dieses Mal würde er seinem Chef beweisen, was in ihm steckte. Er gab die Koordinaten in das Navigationsgerät ein und schaute auf seine Uhr. Es war Viertel nach eins.

* * *

Der Felsvorsprung lag still und karg in der Mittagssonne. Zu jeder anderen Zeit hätte Tina hier den Ausblick in die Schlucht genossen. In der Tiefe wiegten sich große Fichten im Wind und die Sonne spiegelte sich in einem fernen Stausee.

Doch hier oben auf dem Felsen war es ruhig und windstill. Lediglich die hastigen Schritte von Birgit und Tina zerrissen die Stille. Immer weiter drängte Birgit Tina auf das Ende des Felsens zu. Gelbes Geröll knirschte unter ihren Füßen und kleine Steinchen spritzten in den Abgrund. Fieberhaft wog Tina ihre Chancen ab. Wenn sie nichts unternahm, würde sie innerhalb der nächsten Minuten in die Bodenlosigkeit stürzen. Ließe sie es auf einen Kampf ankommen, so wäre sie mit ihren gefesselten Händen im Nachteil, aber hätte immerhin eine kleine Chance.

Mehr von einem Impuls als von bewusster Überlegung getrieben gab Tina vor, über eine Wurzel zu stolpern und ließ sich zu Boden fallen. Ein scharfer Schmerz schoss durch ihre linke Schulter. Blitzschnell nutzte sie das Überraschungsmoment und brachte Birgit mit einer gekonnt angesetzten Beinklammer zu Fall. Nur haarscharf fiel Birgit mit dem ausgestreckten Teppichmesser an Tinas Gesicht vorbei und schlug neben ihr auf dem Felsen auf. Birgit fasste sich schnell. Sie presste ihren linken Arm auf Tinas Hals und drückte sie fest herunter, so dass Tina kaum noch Luft bekam.

„Birgit, hör auf", röchelte Tina. „Du tust mir weh!" Birgit reagierte nicht. Im Gegenteil. Sie legte noch mehr Gewicht in ihren Arm und hob langsam die rechte Hand mit dem Teppichmesser.

„Du hast es nicht anders gewollt, Tina", sagte sie. Gelbe Sternchen tanzten vor Tinas Augen. Sie bekam kaum noch

Luft. Verzweifelt zog Tina ihre Beine an sich und versetzte Birgit mit letzter Kraft einen heftigen Stoß, der sie über den Abgrund schleuderte.

„Hilfe! Tina! Hilf mir!", schrie Birgit, als ihre schlanke Gestalt über den Abgrund rutschte. Tina sah für einen Moment nur noch ihre Hände, die in den felsigen Boden gekrallt waren und Halt suchten. Dann zog das schwere Gewicht den Körper in die Tiefe. Tina schloss die Augen, als sie einen dumpfen Aufprall hörte. Tränen liefen aus ihren Augen und jeder Atemzug brannte höllisch.

* * *

Ramon trieb sein Auto unbarmherzig den kleinen Trampelpfad hoch. Auf dem nächsten Hügel konnte er einen gelben Corsa ausmachen. Das war mit Sicherheit der Mietwagen der Blondine. Das Navi zeigte jedenfalls an, dass er gleich die Koordinaten erreicht hatte. Befriedigt schaute er auf seine Uhr. Er hatte noch nicht mal eine halbe Stunde benötigt. Der Motor rasselte, als er das Gaspedal durchdrückte und mit kreischenden Bremsen hielt Ramon einen Moment später genau vor dem Mietwagen. Weit und breit kein Mensch. Ramon ließ seinen Blick kreisen. Genau vor ihm dehnte sich eine Felsspalte zu einem weiten Tunnel in den Berg. Ramon beugte sich in den Eingang. „Hallo!?" rief er hinein. Keine Antwort. Er zog den Kopf zurück. Plötzlich nahm er aus den Augenwinkeln eine Bewegung wahr. Als er registrierte, dass auf einer entfernten, felsigen Anhöhe zwei Gestalten miteinander rangen, begann er zu laufen und griff zu seiner Waffe. Bevor er in Rufweite war, erkannte er, dass die Blondine, die er überwachen sollte, am Boden lag und sich offensichtlich in Gefahr befand. Direkt hinter ihr brach der Felsen ab und öffnete sich zu einem tiefen Kessel. Mit einem Blick erfasste er die Situation. Dann ein Schrei und ein Sturz. Schnell überwand er die letzte Strecke und kniete sich neben der haltlos weinenden Tina nieder.

„Alles in Ordnung, Señorita. Alles gut". Mit seinem Multiwerkzeug durchschnitt er ihre Fesseln. „Bleiben Sie noch einen Moment liegen, ich bin gleich wieder da", sagte er. Vorsichtig beugte er sich über den Hang und erblickte tief unten den leblosen und verrenkten Körper von Birgit. Dann lief er zu seinem Fahrzeug und informierte per Funk die Leitzentrale.

* * *

Melancholische Musik erscholl aus einem billigen Kassettenrekorder. Muntere Zikaden zirpten ihre eigene Melodie dazu. Die kleine Trauergemeinschaft sah zu, wie die Asche von Lorenz Hartmann in einer Urne in ein steinernes Fach auf dem Zentralfriedhof Las Palmas an der Plaza de las Tenerías geschoben wurde. Tina hatte lange überlegt, ob sie an der Beisetzung von Lorenz Hartmann teilnehmen sollte. Ramon hatte es ihr vorgeschlagen. Er hatte gemeint, dass sie

die Geschichte so besser für sich abschließen könne. Und es war auch Ramon, der das kleine, improvisierte Programmblättchen zu diesem traurigen Begräbnis hielt, da Tinas rechte Schulter samt Arm noch im Gips steckte. Sie hatte sie sich bei dem Sturz an der Schlucht gebrochen.
Birgits sterbliche Überreste waren bereits in einem einfachen Holzsarg nach Deutschland unterwegs.
Tina blickte sich um. Grabstätten mit pompösen Marmorsäulen, bewacht von steinernen Engelsstatuen, wechselten sich mit schlichten Urnen-Fächern in der Wand ab, in deren frische Mörtelverputzung der Maurer mit den Fingern lediglich das Datum und ein schlichtes Kreuz eingeritzt hatte. Andere wiederum waren mit aufwändig beschrifteten Marmorplatten versiegelt. Man konnte deutlich sehen, welche Grabbewohner zu ihrer Zeit, nach welchen Maßstäben auch immer, erfolgreich gewesen waren und welche weniger. Eidechsen huschten zwischen den Gräbern umher und schlanke Zypressen spendeten wohltuenden Schatten.

Tina fing den Blick eines älteren Mannes ein, der mit gesenktem Kopf vor dem Urnenfach stand.
"Mein bester Mitarbeiter war das", seufzte er. Tina blickte ihn fragend an. "Hatte vor Jahren eine Software-Firma", fuhr der Mann fort. "Hartmann war mein Finanzchef. Ein fähiger Mann. Er hat mir immer von diesen Investitionen abgeraten, aber ich musste ja unbedingt meinen Kopf durchsetzen. Habe

damit meine Firma in den Bankrott getrieben und musste Hartmann sowie alle anderen an die Luft setzen. Schlimme Geschichte. Aber ich habe dafür bezahlt. Meine Frau hat mich deswegen verlassen". Mit einem cremefarbenen Taschentuch wischte er sich über die schwitzende Stirn und wandte sich ab.

"Warten Sie!", befahl Tina. "Ich weiß zufällig, dass Lorenz Hartmann Inhaber dieser Firma war. Es ist sein Verschulden, dass die Firma in den Konkurs ging".

"Nein, junge Frau. Wo auch immer Sie diese Information herhaben, sie ist falsch. Hartmann war lediglich unser Gesicht für die Presse, daher wurde er oft mit dem Bankrott in Zusammenhang gebracht. Gewarnt hat er mich, dass ich mir keine Firmengelder ausleihen darf. Aber ich brauchte das Geld damals dringend. Ich habe versagt. Ich bin extra aus Stuttgart hergeflogen, weil ich es ihm schuldig bin."

Tina wurde schwindlig. Nicht Hartmann, sondern dieser Mann war schuldig am Suizid von Birgits Vater. Das hieß, nicht nur Lorenz Hartmann, sondern auch Birgit, ihre beste Freundin, waren umsonst gestorben. Mit einer Wut, die tief aus ihrem Bauch kam, hob Tina ihren Gipsarm hoch und schlug dem Mann den harten Arm ins Gesicht. Stöhnend ging dieser zu Boden.

"Das war für Birgit", zischte sie mit schmerzverzerrtem Gesicht. Dann wandte sie sich ab und verließ das Gelände der Toten durch das schmiedeeiserne Tor.

Der Tote im Pool

Freitag Mittag, 14.00 Uhr in Hamburg. Ein ganz normaler Arbeitstag im Hotelbetrieb, um nicht zu sagen, fast schon penetrant normal. Missmutig starrte die junge Frau aus dem Fenster ihres Büros im 8. Stock eines modernen Glasbaus. Dieses Hotel, das ungefähr 400 Gäste und 100 Angestellte beherbergte, überragte das ebenfalls moderne Gebäude des benachbarten Telekommunikationsunternehmens noch um einige Stockwerke. Christine teilte ihr Büro mit zwei Kolleginnen, die überwiegend mit Reservierungsanfragen und Veranstaltungsorganisation beschäftigt waren. Da war einmal Sandra, die erst seit einem halben Jahr im Hotel arbeitete und Lidia, die fast schon zum Inventar gehörte. Manchmal lief Christine ein Schauer über den Rücken bei dem Gedanken, auch in 25 Jahren noch in diesem kleinen Büro zu sitzen, dessen Fenster sich nicht öffnen ließen. Vermutlich hatten sie hier Angst davor, dass ihnen die Hotel-Angestellten aus dem Fenster sprangen, und sie irgendwelche Klagen riskierten, wie z.B. die Klagen von Hinterbliebenen oder eine Körper-vonder-Straße-Entfernungs-Klage oder so etwas. Halb lauschte Christine Lidias Geplapper, die gerade Sandra von ihren Wochenendplänen erzählte.

„Und dann zog er zwei Karten hervor, und ich dachte, ich fall gleich um, für das Sasha-Konzert morgen." Enthusiastisch ruderte Sandra mit ihren Armen und sang die ersten Zeilen des neuen Songs ihres Lieblingsinterpreten. „.Jogi ist einfach so schnuckelig. Und hinterher gehen wir tanzen. Was macht ihr, Christine?"

Tja, das würde nichts Dolles sein, dachte sich Christine. Ihr Freund würde wie immer Punkt 19.00 Uhr den Fernseher anschalten und dieser würde dann bis 23.00 Uhr durchgehend laufen, bis beide müde waren und ins Bett fielen. Das Ganze würde sich Samstag und Sonntag wiederholen, nur würden sich die Zeiten nach vorne verschieben, weil die Sportschau und die Auto-Motor-Schau schon am späten Nachmittag begannen. Vielleicht konnte sie ihn noch zu einem Spaziergang überreden, aber das war es dann auch schon. Das würde sie Lidia aber bestimmt nicht auf die Nase binden: „Du, ich glaube, Achim hat sich eine Überraschung ausgedacht. Vielleicht wird er sie an diesem Wochenende präsentieren. Er ist schon seit einigen Tagen so geheimnisvoll," versuchte Christine sowohl sich als auch ihre Kolleginnen von ihrer Super-Beziehung zu überzeugen.

Die Wirklichkeit sah etwas anders aus. Achim, der schon immer ein wenig phlegmatisch gewesen war, war in letzter Zeit verschlossen und noch schweigsamer geworden.

Christine hatte Achim vor drei Jahren bei einer Freundin kennen gelernt. Damals fand sie ihn trotz seiner 28 Jahre eher ein wenig unreif und sein etwas pubertäres Verhalten hatte sofort ihren Mutterinstinkt geweckt. Nun, jetzt sah es so aus, als sei seine Pubertät übergangslos von der Midlife-Crisis abgelöst worden. Und die Midlife-Crisis würde wahrscheinlich später nahtlos in die Alters-Demenz übergehen. Irgendwie hatte Christine keine Lust mehr.

Gerade flog die Tür zum Nachbarbüro auf und Christines mürrische Chefin verdarb ihr mit ihrem Anblick den Freitag Nachmittag. Nun legte sie Christine zwei Mappen auf den Tisch.

„Brandt bitte zusagen, Precht absagen. Heute noch. Unterlagen zurück bzw. einbehalten," gab sie ihre Befehle in der gewohnten kurzen Weise, die oft für Missverständnisse sorgte. Mit kurz über 40 Jahren war Frau Dickwald eine frühzeitig gealterte Jungfer, die es erst im vorigen Jahr geschafft hatte, sich zu verheiraten. Christine bedauerte aufrichtig deren Ehemann. Herrn Dickwald hatte sie nur einmal kurz auf einer Firmenfeier zu Gesicht bekommen. Christine war immer der Meinung, Männer und Frauen sollten irgendwie zeigen, dass sie zusammen gehören. Bei Herrn und Frau Dickwald war das in keiner Sekunde der Fall. Beide hatten sich unter die Feiernden gemischt, jedoch sah man sie nicht ein einziges Mal zusammen. Irgendwann waren beide verschwunden. Christine stellte sich vor, wie Frau

Dickwald ihren kurz angebundenen Steno-Befehlston auch beim Frühstückstisch anwendete:
„Harald, Eier, sechs Minuten. Kaffee? Sahne?"

Seufzend nahm Christine die beiden Mappen. Ach ja, die Stellenausschreibung für den neuen Manager des kanarischen Hotels Isadora. Das alte Jugendstil-Hotel in der Hauptstadt Las Palmas direkt am Plaza Santa Katalina schrieb rote Zahlen und man munkelte, dass die Geschäftsführer dieser Hotelkette den kanarischen Klotz am Bein verkaufen wollten. Der alte Manager in Las Palmas war vor kurzem überraschend gestorben und es wurde ein Interims-Nachfolger gesucht, der das Hotel vorübergehend führen und sobald es soweit war, den Verkauf abwickeln sollte.
Neugierig schlug Christine die erste Mappe auf. Schöne Bewerbungspapiere, fand sie. Und das Foto konnte sich auch sehen lassen. Wirklich prächtig, dieser Herr Precht. Sie schätzte ihn auf Anfang dreißig. Schulterlanges volles hellbraunes Haar umrahmte ein intelligentes Gesicht mit hohen Wangenknochen. Die sinnlichen Lippen hatte er zu einem fast ironischen Lächeln verzogen, fast als wolle er sich für eine so konventionelle Bewerbungsmappe entschuldigen. Die blauen Augen hatte er fest auf Christine gerichtet. Schnell sah Christine nach seinem Geburtsdatum. 34 Jahre, vier Jahre älter als sie. Genau so etwas hatte sie sich schon immer als Kollegen gewünscht! Viel zu schade, um ihn nach Gran

Canaria zu schicken. Da hätte auch eher Frau Dickwald mit ihm zu tun, die auch das spanische Personal betreute. Gerade vor einigen Wochen war sie wieder auf der Insel gewesen. Aber genossen hatte sie die Reise wohl nicht, denn sie war mit ihrem üblichen verkniffenen Gesicht zurückgekommen.

Christine setzte sich an ihren PC und öffnete die Standardbewerbungsantworten. Die Einladung zu einem Vorstellungsgespräch schien ihr plötzlich so unfreundlich und daher schmückte sie den Brief noch ein wenig aus. Statt des üblicherweise verwendeten Diktathandzeichens schrieb sie dieses Mal ihren vollen Namen: Hirsing. Sollte er ruhig wissen, wer ihr einen so schönen Brief schrieb. Sie freute sich auf seinen Besuch und war schon ziemlich neugierig.
Die Bewerbungsmappe von Herrn Brandt war dagegen langweilig. Graues, an den Schläfen schon arg zurückweichendes Haar ließ das Gesicht von Herrn Brand älter wirken als das Geburtsdatum im Lebenslauf verriet. „So jung und schon so kahl", dachte Christine boshaft, „Noch zwei Jahre und alle werden denken, du hast eine Fleischmütze auf!" Absage. Adressetikett vorbereiten. Alles schnell zur Unterschrift zu Frau Dickwald rein und ab in den Feierabend und ins Wochenende!
„Tschüß, Ihr zwei!" rief Christine Sandra und Lidia zu. „Viel Spaß beim Konzert, Lidia".

* * *

Als Christine nach Hause kam, lag Achim schon auf dem Sofa und im Fernseher lief eine heftige Diskussion zwischen drei Frauen, die kurz davor waren, sich gegenseitig in die fransigen Haare zu greifen und zu prügeln. Die Moderatorin stand daneben und lächelte in die Kamera. „Unser spannendes Thema heute: Mein Freund mag meine Frisur nicht. Bleiben Sie dran." Christine verdrehte die Augen. War sie denn nur von Irren umgeben?

„Tag Schatz. Guck dir das mal an. Haaah!" Achim klopfte sich auf die Schenkel vor Freude. „Wie kann man nur so blöd sein und sich so aufregen wegen einer dummen Frisur!".

„Und wie kann man nur so blöd sein und sich so freuen über die Aufregung wegen einer dummen Frisur?" konterte Christine schlechtgelaunt. Sie hasste es, schon von dem Geflimmer des Fernsehers begrüßt zu werden. Achim verstand den Wink und schaltete den Fernseher ab. Erwartungsvoll schaute er Christine an in der Hoffnung, hier weiter unterhalten zu werden.

„Was siehst du mich so an? Gefällt dir meine Frisur nicht?" fragte Christine patzig und dachte automatisch an die halblangen Haare von dem verheißungsvollen Bewerber. Sie hatte aus dem Terminkalender ihrer Chefin und dem Personalleiter den frühest möglichen freien Termin herausgesucht und der war am Mittwoch. So lange musste sie sich noch gedulden.

Das Wochenende gestaltete sich so, wie Christine es sich vorgestellt hatte. Fast war sie froh, als Montag Morgen der Wecker klingelte und sie zur Arbeit gehen konnte. Frau Dickwald machte diese positive Grundstimmung allerdings in Sekundenschnelle zunichte, als sie mit ihrer üblichen Montag-Morgen-Mauligkeit Christine wieder die gute Laune verdarb.

* * *

Am Mittwoch kochte Christine gerade Kaffee, als es zaghaft an der Tür klopfte. Christine ging hin um zu öffnen, doch als sie an der Türklinke ziehen wollte ging die Tür gerade nach innen auf.
„Guten Morgen. Precht ist mein Name. Oh, Verzeihung, ich hatte nicht gesehen, dass Sie hinter der Tür standen. Haben Sie sich weh getan?"
Christine versuchte, die Kaffeekanne aufzufangen, die ihr aus den Fingern zu rutschen drohte.
„Hallo, Herr Precht. Wie schön, dass Sie kommen konnten. Frau Dickwald und Herr Klein erwarten Sie schon. Möchten Sie eine Tasse Kaffee?"

Eine Dreiviertelstunde später öffnete sich die Tür zum Chefzimmer und ein strahlender Herr Precht trat in das Vorzimmer. Hinter ihm, säuerlich dreinblickend, Frau Dickwald. Der Geschäftsführer, Herr Klein, drückte Herrn Precht soeben noch die Hand und beglückwünschte ihn zu

der neuen Stellung. Kaum aber hatte sich die Tür hinter ihm geschlossen, da giftete Frau Dickwald Christine an.
„Sie dummes Huhn", zischte sie, „zu blöd, um einen einfachen Auftrag auszuführen. Sie sollten Herrn Brandt zum Vorstellungstermin einladen. War das so schwer? Hätte ich bloß Ihre Anschreiben noch mal kontrolliert!"
„Aber Herr Precht wurde doch eingestellt!", erwiderte Christine, „dann war es doch gut, dass ich mich vertan habe mit den Unterlagen, oder? Sie blickte Herrn Precht an, der von Frau Dickwalds offen zur Schau getragenen Feindseligkeit schockiert war.
„Nichts ist gut!", geiferte Frau Dickwald, „Herr Brandt wäre viel geeigneter gewesen für die Stelle. Und Sie können sich hier demnächst warm anziehen. Das gibt noch ein Nachspiel!" Mit vor Wut zitternden Fingern holte sie sich ein Schokoladentoffeebonbon aus der Tasche, das in leuchtend rotes Papier gewickelt war. Immer wenn sie nervös oder wütend war, beruhigte Frau Dickwald sich gern mit diesen besonderen Süßigkeiten, die sie immer von ihrem Cousin aus Belgien zugeschickt bekam. Geknickt schaute Christine von Herrn Precht zu Frau Dickwald. Eines war klar: Die nächsten Wochen würde Frau Dickwald keine Gelegenheit auslassen, sie zu tyrannisieren. Herr Precht zwinkerte Christine zu.
„Vor Ihnen steht der frischgebackene neue Manager des Hotels Isadora auf Gran Canaria. Mir wurde eben zugesichert, dass ich mir mein eigenes Personal aussuchen darf. Wie wäre es denn, wenn Sie als meine Assistentin mit nach Gran

Canaria kommen? Ich könnte dort kompetente Hilfe gebrauchen. Zunächst einmal begrenzt auf sechs Monate. Und finanziell dürfte da auch mehr drin sein."

Christine traute ihren Ohren kaum. Frau Dickwalds Gesicht wurde zunehmend röter und die Augen traten hervor. Ihre Kiefer mahlten und man konnte unschwer erkennen, dass sie Christine lieber auf der Straße als mit einer Beförderung auf Gran Canaria gesehen hätte. Allein dafür lohnte sich schon eine Zusage.

„Das kommt zwar etwas spontan", antwortete sie, "aber ich kann mir eine Zusammenarbeit mit Ihnen sehr gut vorstellen und würde mich über diese Herausforderung freuen. Ich nehme sehr gern an."

* * *

Drei Wochen später fuhren Christine und Herr Precht, nein „Landelin", korrigierte Christine sich, ich soll ihn ja mit seinem Vornamen anreden, mit dem Taxi von Flughafen Gando auf Gran Canaria in Richtung Las Palmas, wo das Hotel Isadora in einer kleinen Seitengasse zentral am Plaza Santa Katalina lag.

„Christine", Landelin wandte ihr sein Gesicht zu, „bevor wir das Hotel erreichen, muss ich Ihnen etwas anvertrauen. Der vorige Manager des Hotels, also mein Vorgänger, hat vor fünf Wochen einen tödlichen Unfall im Hotel gehabt. Man hat mich als seinen Nachfolger mit einer bestimmten Mission eingesetzt. Und für diese Mission benötige ich dringend Ihre Hilfe."

„Ach du Schreck", dachte Christine „Jetzt kommt's. Vielleicht hätte ich mich doch nicht so schnell von Achim trennen sollen. Wenn ich das jetzt nicht kann, wohin soll ich dann gehen? Zurück geht nicht mehr! Aber mit Achim, das hatte sowieso keine Zukunft." Sie setzte ein zuversichtliches Lächeln auf und blickte Landelin an.

„Na, das klingt jetzt aber spannend. Hoffentlich keine Mission Impossible!"

Er lächelte. „Nein, so schlimm wird es nicht werden. Allerdings hat das Hotel Isadora in den letzten Jahren viel weniger Gewinn eingefahren als erwartet. Die Buchungslage ist gut, daher kann sich der Geschäftsführer der Kette nicht erklären, warum der Gewinn so drastisch eingebrochen ist. Man vermutet einen Betrug dahinter. Ich soll herausfinden, was nicht stimmt. Und das kann ich nicht alleine. Ich brauche Ihre Augen und Ihre Ohren!"

Christines Augen wurden rund, unwillkürlich fasste sie sich an ihr Ohr, als hätte Landelin es wörtlich gemeint.

„Okay", sagte sie nach einem kurzen Zögern. „Ich bin dabei".

Kurze Zeit später ließ Christine sich auf das Bett in ihrem Hotelzimmer fallen, in dem sie für die nächsten sechs Monate wohnen würde. Es war weich und gemütlich und roch sehr sauber. Sie betrachtete ihr Spiegelbild im Kleiderschrankspiegel, der am Fußende des Bettes stand.

„Es hätte schlimmer kommen können", grinste sie zufrieden. Auf einem kleinen Wandtisch stand eine Karaffe mit Wasser und die Hotelbar war gut bestückt mit etlichen kleinen Flaschen Rotwein. Eine davon öffnete sie sofort und nahm sie mit ins Badezimmer, um dort einen Schluck zu trinken, während sie sich frisch machte.

* * *

Am nächsten Tag startete Christine an ihrem neuen Arbeitsplatz. Neugierig musterte sie ihre Kollegen. Wer mochte wohl an einem Betrug beteiligt sein? Ihre Aufgabe im Hotel war leicht. Sie war die rechte Hand ihres Chefs und koordinierte seine Termine und Aufgaben und auch die Post. Außerdem sollte sie ihrem Kollegen Rico bei der Organisation von Veranstaltungen helfen, die im Hotel durchgeführt wurden. Ihre Aufgabe in der ihr anvertrauten Mission war schon etwas schwieriger. Nachdenklich öffnete sie die Post, die am heutigen Tage geliefert wurde. Ein junger Bursche hatte einen dicken Stapel in ein Drahtkörbchen bei der Tür geworfen. Die Rechnungen versah Christine gleich mit einem Kontierungsstempel, so wie man es ihr gezeigt hatte.
"Rico, hier sind Veranstaltungsanfragen. Soll ich zusagen? Im Kalender ist dieser Termin frei."
"Gib her, das mache ich", schnappte Rico, "da gibt es noch mehr zu berücksichtigen!" Fragend schaute Christine ihren Kollegen an, doch erhielt sie keine weitere Erklärung.

Der Tag verflog im Nu. Nachdem sie ihren neuen Chef Landelin noch mit einem Cafe con Leche versorgt hatte, zog Christine sich schnell in ihrem Hotelzimmer um und legte sich an den Außenpool. Durch die großen Fenster warf sie einen Blick auf den Innenpool. Von Papageienblumen umsäumt, die aus großen, schwarzen Kunststoff-Blumentöpfen hervorquollen lag er im hinteren Bereich der großen Fitnessetage. Christines Augen bohrten sich an dem dunkelblauen Wasser fest. Dort hatte der Manager vor fünf Wochen sein Leben ausgehaucht. Es war ein Unfall, erzählte man, und er habe an dem Abend offensichtlich zu viel getrunken, aber wie betrunken musste man sein, um in einem harmlosen Pool ums Leben zu kommen, fragte Christine sich. Da war doch etwas oberfaul. Sie riss sich von dem Anblick los und legte ihr Handtuch mit dem Logo des Hotels auf eine der Sonnenliegen, deren Holz von der sengenden kanarischen Sonne schon ganz grau war.

Sie musste eingeschlafen sein, denn als sie jählings aufwachte, war die Sonne schon hinter einer großen Dattelpalme verschwunden, deren knotiger, dicker Stamm bereits breite Risse in die Mauerumfassung gesprengt hatte. Auf der Liege neben ihr, immer noch in seinem dunkelblauen Anzug mit einem ecru-farbenen Hemd, saß ihr Chef Landelin und beobachtete sie. Seine leuchtenden blauen Augen wanderten die Konturen ihres Bikinis ab und Christine hatte das unangenehme Gefühl, dass er eine genaue Vorstellung davon hatte, was sich darunter verbarg. Verlegen schlug sie die herabhängende Seite ihres Strandtuchs über ihren Körper. Seine Augen tanzten vor Lachen. Dabei gruben sich tiefe Lachfältchen in die Augenwinkel.

„Entschuldigen Sie, ich bringe Sie in Verlegenheit", er wandte den Blick von ihr ab, was ihm sichtlich schwer fiel, „ich wollte Sie eigentlich fragen, ob Sie heute Abend Lust auf ein konspiratives Treffen haben. Wir könnten unsere ersten Eindrücke bei einem Essen austauschen. Ich lade Sie ein."

Unwillkürlich knurrte Christines Magen. Beide mussten lachen.

„Ich glaube, mein Magen hat für mich entschieden", grinste sie.

* * *

Warmer Kerzenschein empfing Christine, als sie kurze Zeit später in das „Las Nueves Gatas" im Untergeschoss des Hotels trat. Galant stand ihr Chef auf und schob ihr den Stuhl zurecht. Was für ein Glück, dass sie in letzter Sekunde noch ihr rotes Cocktailkleid eingepackt hatte. Es brachte den rötlichen Schimmer in ihren kastanienbraunen Haaren sehr vorteilhaft hervor. Christine warf ihre halblangen Haare zurück und lächelte Landelin zu.

„Vielen Dank, Herr Spion", neckte sie ihn.

„Gern geschehen, Frau Spionin", gab er zurück.

Eine Stunde später lehnten Christine und Landelin sich zufrieden zurück. Christine tupfte ihre Lippen mit einer Serviette ab. Ihr Lammfilet hatte vorzüglich geschmeckt. Sie leerte ihren Rotwein, während der Kellner Kaffee und Cognac servierte. Beim Essen hatten sie sich kurz über ihren Arbeitstag ausgetauscht, der keinem von ihnen neue Erkenntnisse bezüglich des möglichen Betruges gebracht hatte.

„Ich möchte, dass Sie in die Buchhaltungsunterlagen des letzten Jahres eintauchen. Bitte gehen Sie dabei aber diskret vor", bat Landelin. „Irgendwo muss es doch einen Hinweis geben."

„Zu Befehl, Herr Oberspion", kicherte Christine. „Ich werde mir gleich morgen einen Tieftauchanzug zulegen". Sie hatte definitiv zu viel getrunken.

Auf einen Wink Landelins brachte der Ober die Rechnung und Landelin zog Christines Stuhl zurück, um sie auf ihr Zimmer zu begleiten. Christine schlingerte. Mit den High Heels hatte sie schon in nüchternem Zustand Schwierigkeiten, elegant zu gehen. Nun aber fiel sie Landelin direkt in die Arme. Er legte den Arm um ihren Oberkörper und dirigierte sie zu den Fahrstühlen. Die Wärme seines Körpers zog von ihrem kleinen Zeh bis zur letzten Haarspitze. Vor ihrer Zimmertür legte er seinen Zeigefinger unter ihr Kinn und hob ihr Gesicht seinem entgegen.

„Schlafen Sie gut. Und servieren Sie mir meinen Kaffee bitte pünktlich um 8.00 Uhr!", dabei grinste er spitzbübisch.

Christine steckte ihm die Zunge heraus und verschwand in ihrem Zimmer.

* * *

Am nächsten Tag nutzte Christine die Mittagspause ihres Kollegen Rico und holte sich die Buchhaltungsunterlagen des ersten Quartals hervor. Dieser Ordner müsste eigentlich Unordner heißen, dachte sie gequält. Sie konnte überhaupt keine Sortierung erkennen. Weder thematisch noch chronologisch gaben die Zettel eine Struktur zu erkennen. Das erinnerte sie an Lidia, ihre Kollegin aus Hamburg, die eine Ablage nach sehr individuellen Stichworten machte. Zum Beispiel hatte Christine einmal den Schriftverkehr mit Georg Rübli gesucht und sie schließlich nach Stunden intensiven Suchens unter dem Buchstaben „M" gefunden, obwohl Vor-, noch Nachname und auch der Firmenname „Tector KG" eigentlich einen anderen Buchstaben erwarten ließ. Auf Nachfragen sagte Lidia dann, dass Herr Rübli in dem Jahr auf dem Martinsgans-Essen gewesen wäre. Daher M. Wie Martinsgans. Daraufhin hatte Christine gesagt, dass sie die nächste Urlaubsfreigabe für Lidia unter „D" ablegen würde. D wie Dumpfbacke. Die beiden Kolleginnen hatten darauf mehrere Tage nicht miteinander gesprochen, bis Frau Dickwald ihnen die Leviten las.

Christine blätterte den Ordner durch. Soweit schien alles normal zu sein. Offensichtlich wurden die Events durch einen externen Veranstalter organisiert, nämlich die Firma Gordoselva Events. Christine überschlug schnell im Kopf. Allein im ersten Quartal waren 40.000,- Euro an diese Firma gezahlt worden, für Blumen, Getränke, Disc-Jockey, Einladungsversand, und, und, und. Ein stolzer Preis. Leider wiesen die Rechnungen nicht aus, für welche Veranstaltungen diese Leistungen erbracht worden waren. „Aber es müssen ja mindestens 15 große Veranstaltungen gewesen sein für den Preis", dachte Christine. „Daran hat das Hotel bestimmt noch einmal dieselbe Summe verdient". Sie nahm sich vor, ihre eigene Hochzeit irgendwann selbst zu organisieren und in einem bescheideneren Rahmen zu veranstalten. „Das ist ja ein richtiger Abzocke-Markt geworden mit den Feiereien in teuren Locations. Das muss doch nicht sein."

Komischerweise fand sie keine Rechnungen des Hotels an die Auftraggeber von Veranstaltungen. Diese ganzen Kosten mussten doch weiterbelastet worden sein.
Nachdenklich stellte sie den Ordner zurück und nahm sich den Ordner mit dem Schriftverkehr vor. Hier war eine Anfrage nach einer großen Hochzeitsveranstaltung mit 80 Gästen vom Februar. Dort ein 70er Geburtstag mit 45 Personen ebenfalls aus dem Februar. Nach und nach notierte sich Christine die Daten von den zahlreichen Anfragen. Waren diese ganzen Feiern noch gar nicht abgerechnet worden? Nachdenklich stellte sie die Ordner zurück und keine Sekunde zu früh, denn soeben kam Rico aus der Mittagspause zurück.

„Sag mal, Rico, wie viele Veranstaltungen werden eigentlich hier durchgeführt? Nur so ungefähr?", fragte Christine ihren Kollegen.

„Warum willst du das wissen?", Rico wollte offensichtlich nicht antworten, „das Geschäft mit den Veranstaltungen ist rückläufig. Die Leute haben einfach nicht mehr so viel Geld. Die letzte ist schon Monate her. Kümmere dich lieber um deine Aufgaben."

„Danke für deine freundliche Auskunft", sagte Christine schnippisch und wandte sich ihrem PC zu. Dann musste sie eben anders an die Information kommen.

Diese Veranstaltungsfirma. Die konnten ihr bestimmt sagen, für welche Daten, welche Leistungen bereitgestellt worden waren. Christine hatte sich eine Rechnung kopiert und tippte kurzentschlossen die E-Mail-Adresse in die Anschriftenzeile ihres Mailprogramms. Schnell formulierte sie eine Mail, in der sie um genauere Auskunft bezüglich der stattgefundenen Veranstaltungen im Zusammenhang mit diversen Rechnungen bat. Dann unterschrieb sie mit freundlichen Grüßen, Assistentin der Geschäftsleitung, Christine Hirsing.

„Na, da bin ich aber mal gespannt", dachte sie und lehnte sich zurück.

**

In Hamburg, ca. 4.000 km weiter nördlich, hatte die Dämmerung die Stadt nach und nach in ein trübes Zwielicht getaucht. Sie schaltete ihre Tischlampe ein und tippte einige eilige Zeilen in den PC, als ihr Handy klingelte. Sie stellte die Verbindung sofort her.

„Ja?"

„Sie schnüffelt herum. Und sie hat sich heute die Unterlagen genommen und in einer Mail an Gordoselva unangenehme Fragen gestellt. Was soll ich jetzt machen?

„Du weißt, was zu tun ist. Und was auf dem Spiel steht!"

Dann wurde die Verbindung unterbrochen.

* * *

Der nächste Morgen kam ohne Vorwarnung für Christine. Ihr Handy klingelte lautstark, aber erst nach dem sechsten Klingeln fand Christine ihr Handy unter dem roten Cocktailkleid, das sie am Abend zuvor nur achtlos auf den Boden geworfen hatte.

„Was denn?" krächzte sie in ihr Telefon

„Hier ist die Rezeption, ich habe hier zwei Herren für Herrn Precht stehen und oben nimmt noch keiner ab. Wo soll ich sie hinschicken?"

Ach du Schreck. Siedend heiß fiel Christine ein, dass Landelin heute einen Termin mit Investoren aus Norwegen hatte. Schnell warf sie sich das Cocktailkleid über, das zwar etwas verknittert, aber das erste Kleidungsstück war, das sie auf die Schnelle greifen konnte. Mit Unterwäsche hielt sie sich gar nicht erst auf. Den pelzigen Geschmack putzte sie mit ihrer scharfen, pfefferminzhaltigen Zahncreme weg. Sie griff sich schnell ihre High Heels, die noch an der Tür lagen, und stürzte sich in den Fahrstuhl, der sie in die siebente, die sogenannte Chefetage, brachte. Einige Sekunden später gab der Fahrstuhl ein kleines Glockenzeichen von sich und öffnete seine Türen.

„Guten Tag meine Herren, Willkommen im Hotel Isadora, Herr Precht wird sofort hier sein. Er ist gerade in einem Termin und wurde etwas aufgehalten. Ich lasse Ihnen schon mal einen Kaffee bringen!"

Skeptisch sahen die beiden Männer sich an. Es war jetzt gerade kurz nach neun Uhr morgens und Herr Precht hatte bereits Termine? Ja, ja, die Deutschen waren immer sehr tüchtig, bedeutete ihr Blick, aber so richtig genießen und entspannen konnten sie nicht. Dafür glitt ihr Blick anerkennend über Christines Rundungen, die sich unter dem Cocktailkleid nahtlos abzeichneten.

Christine wandte sich ab, verdrehte die Augen und stürmte in den 2. Stock, wo die Personalzimmer lagen. Sie klopfte laut an die Zimmertür 214, aber Landelin schien noch zu schlafen. Sie hämmerte gegen die Tür. Da immer noch kein Laut zu vernehmen war, holte sie sich von der Rezeption die zentrale Zugangskarte, trommelte wieder gegen die Tür, und als sich immer noch nichts rührte, zog sie den Magnetstreifen entschieden durch den dafür vorgesehenen Schlitz und stieß die Tür nach innen auf. Die Tür prallte mit einem dumpfen Geräusch gegen Landelin, der sie - nur mit einer Boxershorts bekleidet - offensichtlich gerade von seiner Seite öffnen wollte. Er taumelte und fasste sich mit einem Schmerzenslaut an die Nase. Christine, die nicht mit seiner Anwesenheit hinter der Tür gerechnet hatte, stolperte über ihn und beide fielen zu Boden. Landelin griff instinktiv zu, um sie zu stützen und bekam ihr freigelegtes Gesäß zu fassen. Christine schoss die Röte ins Gesicht. Landelin dagegen schien erfreut, zog aber trotzdem ihr Cocktailkleid wieder in die richtige Position.

„Na so was", sagte Landelin und blickte auf ihr rotes Kleid und die High Heels. „Sind Sie schon wieder in Partylaune? Ich fürchte, ich habe schrecklich verschlafen."

Beide blickten sich einen Moment zu lange in die Augen, bevor Christine sich hochrappelte und ihm die Hand reichte. Dabei glitt ihr Blick anerkennend über seine nackte Brust, die angenehm glatt und muskulös war. Sie hasste stark behaarte Männer. Besonders widerwärtig fand sie es, wenn sich die Haare aus dem Hemdkragen herauskräuselten. Diese Brust aber lud zum Streicheln ein, fand sie.

Schnell informierte sie ihn über den Besuch, der oben auf ihn wartete, worauf er Hemd und Anzughose überwarf und aus dem Zimmer eilte.

Nachdem Christine sich ebenfalls umgekleidet hatte, gesellte sie sich wie am Vortag zu ihrem Kollegen Rico. Neugierig öffnete sie ihren Posteingang, doch die Firma Gordoselva hatte noch nicht auf ihre Mail reagiert.

„Rico, ich bringe noch mal eben Kaffee zu den Gästen in den 7.", teilte sie ihrem Kollegen mit. Als sie aber das Büro verlassen hatte, nahm sie die Treppe ins Erdgeschoss. An der Rezeption traf sie auf Henry, der im Hause das „Mädchen für alles" war. Gerade war er dabei, eine Glühbirne bei einer der reich verzierten Standleuchten zu wechseln.

„Henry", rief Christine ihn an „Ich brauche mal Ihre Hilfe. Und zwar verschaffe ich mir gerade einen Überblick über die ganzen externen Veranstaltungen, die hier im Hause durchgeführt werden. Also Hochzeiten oder Geburtstagsfeiern und so. Gibt es einen Belegungsplan für den großen Festsaal?"

„Belegungsplan? Kommen Sie mal mit", sagte Henry, nahm seinen Eimer mit den Energiesparbirnen und schlurfte vor ihr her, bis sie zu dem Flur kamen, an dessen Ende eine große Tür zum Konferenz- und Festraum abging. Neben der Tür stand ein großer gusseiserner Blumenkübel mit einer verwelkten Hortensie. Die Tür knarrte beim Öffnen. Christine trat ein, gefolgt von Henry. Abgestandene Luft umwehte ihre Nase. Sie stieß eine doppelte Flügeltür auf, und schaute auf die riesige Terrasse, die über den Felsen hinaus gebaut war und einen großzügigen Blick auf den Atlantik bot. Sie wandte sich wieder dem Saal zu. In der Ecke stand ein Flügel, der mit einem schmutzigweißen Tuch abgedeckt war. Ansonsten lag viel Gerümpel in diesem Raum herum, Leitern, ein zusammengelegtes, rostiges Partyzelt-Gerüst, Farbeimer, Pappkartons und mehr. Fragend schaute Christine Henry an.

„Tja, junges Fräulein, wenn man hier eine Veranstaltung machen will, muss man erst mal etwas aufräumen."

„Ist der Raum schon lange in diesem Zustand? Findet hier nie etwas statt? Das ist doch ein wunderschöner, großer Saal!" Christine ließ ihren Blick über die prächtige Stuckverzierung an der Decke und den staubigen aber intakten Granitfußboden wandern.

„Etwas frische Farbe vielleicht, dann kann es hier wieder fürstlich aussehen."

Henry schnaubte.

„Na, dann viel Spaß. Sie werden aber ein bisschen Konkurrenz haben, denn nebenan, in dem Hotel Fidalgo, da finden richtig viele Veranstaltungen statt. An jedem Wochenende, wenn ich zum Bus gehe, sehe ich sie mit ihren bunten und glänzenden Kleidern. Drinnen und draußen. Da brauchen wir erst gar nicht anzukommen."

Nachdenklich kehrte Christine in ihr Büro zurück. Rico blickte sie an.

„Hat ja lange gedauert mit dem Kaffee. Noch ein kleines Schwätzchen gehalten?"

„Wie auch immer", antwortete Christine und verschanzte sich hinter ihrem PC. Sie musste jetzt erst einmal nachdenken. Also, fasste sie für sich zusammen, wir bekommen laufend Anfragen nach Veranstaltungen und wir haben einen tollen

Raum, aber wir führen diese Veranstaltungen nicht durch. Aber abschlägige Antworten auf diese Anfragen habe ich in dem Ordner auch nicht gefunden. Das ist doch merkwürdig. Und trotzdem geben wir unheimlich viel Geld für die Durchführung von Veranstaltungen aus.

Blitzartig kam ihr eine Idee. Sobald Rico zur Mittagspause verschwunden war, würde sie sich ein paar von diesen Anfragen aus dem Korrespondenzordner vornehmen, bei dem Absender anrufen und sich einmal ganz harmlos erkundigen, wie die Veranstaltung gelaufen war. Vielleicht wäre sie danach schlauer.

Eine halbe Stunde später nahm Christine das Telefon und wählte die Nummer einer Maria Gonzales.

„Digame", antwortete eine helle Stimme auf das Läuten.

In ihrem besten Spanisch erklärte Christine die Situation. Dass sie hier neu in Hotel wäre, dass sie gerade die Anfrage aus dem Februar gelesen hätte, aber keine Antwort gesehen hatte und sich nun erkundigen wolle, ob ihre 70. Geburtstagsfeier, die ja im Juni gewesen war, gut verlaufen sei.

Christine hatte Mühe, die Antwort der älteren Dame zu verstehen, so schnell sprach diese. Aber dann runzelte Christine die Stirn. Offensichtlich hatte man Frau Gonzales mitgeteilt, dass das Hotel gerade renoviert wurde und alle Veranstaltungen im Nachbarhotel durchgeführt wurden. So hatte sie dann ihren 70. Geburtstag mit ihren zahlreichen Verwandten im Hotel Fidalgo gefeiert und war mit dem

Pauschalarrangement, der Dekoration und dem Essen sehr zufrieden gewesen.

Christine bedankte sich für die Auskunft und wählte die nächste Nummer. Dieses Mal ging es um eine Hochzeit, die für den Mai geplant gewesen war. Wieder führte sie ein längeres Gespräch, das im Wesentlichen auf dasselbe hinauslief. Die Hochzeitsfeier war wunderbar gewesen, alles prima, nur wurde sie nicht im Isadora, sondern im Fidalgo durchgeführt. Veranstaltungsorganisator war eine gewisse Firma Gordoselva, die aber im Namen des Hotels Isadora auftrat. Grübelnd legte Christine den Hörer auf die Gabel und stellte erschreckt fest, dass ihr Kollege Rico schon wieder an seinem Arbeitsplatz saß. Sie hatte keine Ahnung, wie viel er von ihrem Telefonat mitbekommen hatte. Auf jeden Fall musste Landelin hiervon erfahren, dachte Christine. Offensichtlich wurde das Hotel hier um enorme Einkünfte aus Veranstaltungen betrogen, während die Ausgaben für diese Veranstaltungen alle vom Hotel gezahlt wurden. Da kamen schnell ein paar Hunderttausend Euro im Jahr zusammen!

„Ich guck mal, ob oben noch alles ok ist", wandte sie sich an Rico.

„Ja, bis morgen dann", antwortete er ironisch.

Christine flitzte in die 7. Etage und klopfte an Landelins Tür. Die beiden Norweger saßen noch immer in seinem Büro und hatten etliche Dokumente vor sich ausgebreitet.

„Herr Precht", versuchte sie ihn aus dem Büro zu locken. „Ich muss Sie dringend einmal sprechen".

Er schaute hoch. „Später, Christine. Jetzt geht es nicht."

Christine zog sich zurück. In ihrem Büro schrieb sie eine kleine Notiz: „*Muss Sie dringend sprechen. Betrug aufgedeckt. Treffen heute Abend um 19 Uhr in der Fitness-Etage.*"

Befriedigt legte Christine den Kugelschreiber zur Seite. Beim Sport konnte man sich unauffällig treffen und niemandem würde es auffallen, wenn sie dort miteinander sprachen. Sie legte die Notiz in ihre Unterschriftsmappe und klopfte wieder bei ihrem Chef an die Tür. Dieses Mal ignorierte sie die Norweger und ging direkt auf Landelin zu.

„Eine dringende Unterschrift." Sie gab ihm die Mappe und schielte betont erst zur Mappe, dann zur Tür, dann auf den Boden unter dem sie, 8 Stockwerke tiefer, die Fitness-Etage vermutete.

„Alles in Ordnung mit Ihnen?", fragte Landelin besorgt. „Ist etwas mit Ihren Augen?"

Genervt verdrehte Christine die Augen nach oben. In den Spionagefilmen aus dem Fernsehen wurden solche nonverbalen Aussagen immer gleich verstanden.

„Hier.ist.die.Mappe!", wiederholte sie. Wieder schielte sie zur Tür und nach unten und unterstrich diese Aussage noch mit einer kleinen ruckartigen Bewegung des Halses. Landelin zog nur die Augenbrauen hoch. Daher legte sie die Unterschriftsmappe direkt vor ihm auf den Tisch und verließ erhaben aber mit leicht geröteten Wangen Landelins Büro.

***

Die Fitness-Etage und der Wellness Tempel lagen im Untergeschoss des Hotels. Fünf moderne Ergometer und fünf Laufbänder sowie diverse muskelbildende Geräte mit Gewichten standen den gesundheitsorientierten und sportbewussten Gästen zur Verfügung. Großformatige gerahmte Poster von flachen Bäuchen mit Wassertropfen darauf zierten die vertäfelten Wände. Für den Fall, dass die kanarische Sonne einmal nicht zuverlässig schien, hatte man drei Solarium-Kabinen mit Hochleistungsbrätern eingerichtet. Es musste keiner blass nach Hause fahren.
Christine legte ihr Sport Handtuch auf das zweite Fahrrad und sah sich um. Die ganze Etage lag leer und verlassen da. Von Landelin noch keine Spur. Hinten an der Fensterbank war der Pool gelegen. Wieder musste Christine an den Unfall denken, der sich hier fünf Wochen zuvor ereignet hatte. Wie konnte jemand einfach so in diesem Pool ertrinken?, fragte Christine sich. Neugierig folgte sie der Markierung auf den Kacheln bis sie am Rand des Bassins stand. Sie ging in die Knie und tauchte ihre Hände in das kühle Wasser.
Als sie ihre feuchten Hände auf den Nacken legte um sich etwas abzukühlen fiel ihr Blick auf etwas Rotes am hinteren Rand des Pools. Christine richtete sich auf und umrundete das Becken. Wieder hockte sie sich hin und griff nach dem kleinen, roten Stück Papier, das dort vor sich hin schwamm. Sie faltete es auseinander. Woher kam ihr dieses Papier nur

so bekannt vor? Als hätte sie es gerade irgendwo gesehen. Dann kam ihr die Erkenntnis. War das nicht eines von den Papieren, in denen diese schrecklichen klebrigen Bonbons von Frau Dickwald eingerollt waren? Wie kam das hier in den Pool? Christines Gehirn ratterte.

Dann schaute sie auf die große Uhr, die an der Stirnseite des Swimmingpools hing. Sie hatte noch 20 Minuten Zeit bis Landelin käme. Da könnte sie eigentlich noch ein wenig Sonne tanken, um ihren blassen Teint aufzufrischen.

Sie musterte die mit einem Zeitschalter versehene Sonnenbank in der ersten Kabine und zog ein paar Meter Folie von der großen Rolle aus dem vorgesehenen Folien-Spender, um damit hygienisch das Glas abzudecken. Dann stellte sie die Schaltuhr auf 10 Minuten, zog sich nackt aus und legte sich hin. Es dauerte nur einige Minuten in der angenehmen Wärme des Solariums, da dämmerte sie in einen sanften Halbschlaf. Vor ihrem geistigen Auge erschienen einige Traumbilder. Viele kleine Kinder sangen Zahlen, sie standen in einem Wald und ein dicker Biber war der Chorleiter. Er stach mit einem Dirigentenstab in die Luft und es regnete Tausende von Euroscheinen. Christine lächelte im Traum. So etwas Verrücktes. Da hatte wohl jemand im Lotto gewonnen.

Langsame, leise Schritte näherten sich der Kabine. Vorsichtig öffnete jemand die Tür und schaute auf den schmalen Schlitz, durch den blaues UV-Licht trat. Er nahm ein Streichholz aus der Jackentasche und klemmte es unter die Zeitschaltuhr, so dass diese sich nicht weiter drehen konnte. Dann nahm er die Rolle mit der Hygienefolie aus der Vorrichtung und umwickelte etliche Male die ganze Sonnenbank mit mehreren Schichten Folie. Christine schlief inzwischen tief und fest den Schlaf der Gerechten. Leise, wie er gekommen war, verließ der Mann wieder die Kabine.

In der 7. Etage fuhr Landelin sich erschöpft mit der Hand durch die Haare. Das war ein stressiger Tag gewesen. Und obwohl er sich durch sein Verschlafen zwei Stunden Schlaf mehr verschafft hatte, machte sich die fehlende Nachtruhe doch bei ihm bemerkbar. Die lange Sitzung mit den norwegischen Investoren war auch ein zähes und anstrengendes Verhandeln gewesen. Und doch hatte Landelin sie ohne Ergebnis nach Hause geschickt. Er wollte sich erst ein umfassendes Bild von den finanziellen Verhältnissen des Hotels verschaffen. Er hielt nichts von überstürzten Entschlüssen. Schon gar nicht, wenn es um den Verkauf eines so schönen Hotels ging. Sein Blick glitt über den Kronleuchter und die holzgetäfelte Wand mit den Schnitzereien. Langsam schob er die Akten auf seinem Schreibtisch zusammen. Dabei fiel sein Blick auf Christines Unterschriftsmappe und er musste an ihr wildes Augenrollen und Gestikulieren denken. Er grinste. Dann öffnete er die Mappe und fand ihre Notiz. Heute Abend 19 Uhr? Er schaute auf die Uhr. Es war bereits viertel vor acht. Er fluchte. Eilig verließ er sein Büro, um sich in seinem Hotelzimmer die Sportkleidung für sein Treffen mit Christine anzuziehen. Hoffentlich wartete sie noch auf ihn, dachte er mit schlechtem Gewissen.

* * *

Immer wilder dirigierte der Biber den irren Zahlengesang. Plötzlich stach er Christine mit seinem Stab mitten ins Gesicht. Schweißgebadet wachte sie auf. Ihre Haut brannte und spannte und das helle UV Licht blendete sie. Schnell schloss sie wieder die Augen. „10 Minuten können ganz schön lange sein!", dachte sie. „Dieser Turbobräuner ist mir zu heiß. Mir reicht es". Schwungvoll wollte sie das Oberteil der Sonnenliege anheben, doch es rührte sich nicht. Christine stemmte sich mit aller Kraft gegen die gläserne Unterseite, doch ohne Erfolg. Die Klappe ließ sich keinen Zentimeter bewegen. Christine öffnete die Augen. Was war das denn? Mit zwei Fingern bekam sie etwas Plastikfolie zu fassen, die offensichtlich den ganzen Öffnungsschlitz zwischen dem oberen und dem unteren Teil der Sonnenbank bedeckte. Sie versuchte, die Folie aufzureißen, doch die Schichten waren zu dick und Christine konnte nicht den kleinsten Riss in diese Umverpackung ritzen. Gnadenlos brannte der Bräter weiter auf sie ein. Offensichtlich war auch die Zeitschaltuhr außer Kraft gesetzt. Christine hielt sich ihre Hände vor das Gesicht. Ihre Unterarme begannen sich schon stark zu röten. Sie geriet in Panik. Sie war gefangen auf dieser Liege wie ein Würstchen in der Semmel. Irgendjemand hatte wohl die Sonnenbank sabotiert, um sie, ja wozu?, umzubringen?, außer Gefecht zu setzen?, zu warnen?

„Hilfe!" schrie sie laut. „Hiiiiiiilllfe!!!"

* * *

Landelin zog sich soeben seine weißen Tennissocken und die Nike-Turnschuhe an. Er freute sich darauf, sich auf dem Laufband auszupowern. Er musterte sich im Spiegel. Dann zog er sein rotes T-Shirt wieder aus und wählte aus einem perfekt gebügelten Stapel aus dem Kleiderschrank ein anderes Shirt. Das königsblaue Trikot schmiegte sich fließend an seinen muskulösen Oberkörper.

Was Christine wohl zu berichten hatte? Sie hatte sehr geheimnisvoll getan. Wenn er es genau bedachte, dann war sie vorhin etwas blass gewesen. Morgen Nachmittag würde er sie mal in die Sonne schicken. Aus der Minibar nahm er ein isotonisches Getränk und machte sich auf den Weg zu den Krafträumen. Es war zehn Minuten nach Acht.

Im Untergeschoss blickte er sich sofort nach Christine um, doch die Etage war menschenleer. Christine war scheinbar schon wieder gegangen. Schade. Was auch immer sie zu sagen gehabt hatte, es musste bis morgen warten. Landelin bestieg das Laufband, stellte Geschwindigkeit und Anhöhe ein und begann zu traben. Seine Turnschuhe federten auf der gummierten Lauffläche und Schweißtropfen rannen von seiner Stirn.

Er ließ seinen Blick wandern. Nach dem Duschen würde er noch ein paar Züge im Pool schwimmen. Er freute sich bereits auf das kühle Wasser. Dann glitt sein Blick weiter. Dort drüben waren die Kabinen mit den Solarien. Unter einer Tür schimmerte bläuliches Licht hervor. Eigentlich war der Betrieb der Solarien aus Sicherheitsgründen nach 20 Uhr verboten. Er wischte sich den Schweiß mit seinem Handtuch aus dem Gesicht, ließ das Laufband ausrollen und stieg ab. Vorsichtig klopfte er an die Tür der Kabine. Keine Antwort.

„Nach acht Uhr abends soll man sich eigentlich nicht mehr hier bräunen!", rief er durch die Tür. Kein Laut war zu hören außer dem Summen des Bräuners.

„Hallo. Ist da jemand?"

Wieder keine Antwort.

„Achtung. Ich komme jetzt herein!", warnte Landelin. Dann öffnete er zögernd die Tür. Was er sah, ließ ihn jäh innehalten. Die komplette Sonnenbank war verpackt wie ein Kunstwerk von Christo. Als wolle man sie direkt mit der Spedition versenden, war sie so fest umwickelt, dass vom eigentlichen Gerät nichts mehr zu sehen war. Fehlte nur noch der Adressaufkleber.

Durch die Öffnung zwischen Ober- und Unterteil drang matt und mit etlichen Schichten Hygienefolie abgedeckt, der bläuliche Schimmer der UV Röhren. Landelin beugte sich hinunter und erspähte einen roten Körper. Fieberhaft begann er an der Folie zu reißen, doch durch die Hitze waren die Schichten so zusammengeschmolzen, dass seine Finger nichts ausrichten konnten. Einen Stecker fand er nicht. Vermutlich war dieser direkt hinter dem Gerät mit einem Stromauslass in der Wand verbunden. Er rannte zum Geräteraum zurück, öffnete mit den Zähnen seine Getränkeflasche, betätigte den Notrufknopf und lief mit Flasche und Kronkorken in die Kabine zurück. Mit der scharfen zahnigen Kante des Kronkorkens schlitzte er eine Öffnung in die Folie und schließlich gelang es ihm, die Sonnenbank freizulegen.

Wutentbrannt sah er, dass jemand mit einem Streichholz den Zeitschalter arretiert hatte und mit Gewalt riss er den Schalter herum. Endlich erlosch das UV Licht. Landelin hob den Deckel. Sein Herz krampfte sich zusammen als er Christine so rot und verbrutzelt liegen sah. Eine barmherzige Ohnmacht hatte sie erfasst. Ihr Gesicht war tiefrot und die Augen zugequollen. Sanft hob Landelin ihren schwachen Körper hoch und ließ sie zum Abkühlen in das Kinderplanschbecken gleiten, das schön flach und nicht ganz so kalt wie der große Pool war.

Als sie aus ihrer Ohnmacht erwachte und ihn mühsam aus schmalen Sehschlitzen ansah, setzte er ihr die Flasche mit dem isotonischen Getränk an die Lippen. Dankbar trank Christine die ganze Flasche leer. Dann wickelte Landelin ihren nackten, roten Körper in sein großes Handtuch und trug sie in sein Zimmer.

* * *

Die Traumdeutung hat eine lange Geschichte. Menschen waren immer schon sehr interessiert an der Deutung und Bedeutung ihrer nächtlichen Träume, deren Herkunft entsprechend dem Zeitalter entweder Gott, dem Teufel oder der Psyche zugeschrieben wurde. Den Traumsymbolen wurde je nach Kultur, Religion und spiritueller Denkweise entweder zukunftsweisende oder heilende Kraft zugemessen. In den meisten Fällen sind die Traum-Botschaften allerdings ausgesprochen komplex, so dass diese erst durch intensive Beschäftigung und Deutung einen Sinn ergeben. Manchmal aber waren Träume auch eine Quelle der Inspiration. Viele bedeutende Erfindungen wurden sozusagen im Schlaf gemacht. So wurde die lange gesuchte Lösung für die Struktur des Benzolring durch August Kekulé entdeckt als er im Halbschlaf Kohlenstoff- und Wasserstoffatome vor seinen Augen tanzen sah. Gleichzeitig erschien in seinem Traum eine Schlange, deren Kopf in den eigenen Schwanz biss. Schwupps erkannte er, dass die Atome sich in Ringform anordnen. Elias Howe, der Erfinder der Nähmaschine, litt in seinem Traum Höllenqualen, als wilde Kannibalen mit Speeren auf ihn einstachen. Diese Speere hatten vorne alle eine Öse und als Howe aufwachte, war die Nähmaschine geboren.

Christine nahm ihre Träume sehr ernst. Manchmal musste sie noch am nächsten Tag über die absurden Situationen lachen, in die ihre nächtliche Phantasie sie schickte.

Manchmal dagegen wachte sie zitternd, von Tausend Teufeln gehetzt, aus einem schweißüberströmten Tiefschlaf auf. Dann gab es aber auch Träume, bei denen Christine schon beim Aufwachen das Gefühl hatte, dass ihr Unterbewusstsein ihr etwas Wichtiges mitteilen wollte. Und dieses Gefühl hatte sie jetzt. Mit offenen Augen starrte sie an die Zimmerdecke. Neben ihr lag Landelin, der darauf bestanden hatte, ihren Schlaf zu bewachen um sicherzugehen, dass es ihr gut ging. Nun schlief er allerdings tief und fest und sie lag wach und dachte an den Traum, den sie auf der Sonnenbank gehabt hatte. Viele kleine Kinder, die Zahlen sangen... Ihr war eingefallen, wo sie das schon einmal gesehen hatte. Jedes Jahr im Februar gab es in den Nachrichten einen Bericht über die spanische Lotterie. Da ging es darum, den El Gordo zu knacken. So hieß der Hauptgewinn bei der spanischen Lotterie. El Gordo, der Dicke. Nach der Ziehung wurden die gezogenen Zahlen immer von Kindern gesungen. Sollte sie es mit Lotto versuchen, war das die Botschaft des Traums? Aber sie konnte sich an keine der vorgesungenen Zahlen erinnern. Und dieser Biber in ihrem Traum war geradezu gruselig mit seinen vorstehenden Zähnen. Sah irgendwie aus wie ihr Kollege Rico. Der hatte auch so ein Gebiss. Und dazu ein fliehendes Kinn. Was mochte der Biber in ihrem Traum bedeuten? Biber knabbern Holz an, Bäume zum Beispiel, hinter ihm waren viele Bäume gewesen in ihrem Traumbild, ein ganzer Wald, o agricolae, curritis in silvam et aspergitis Flammam con aqua, der einzige Satz, der ihr aus ihrem dreijährigen Lateinkurs in Erinnerung geblieben war. oh ihr Bauern, ihr rennt in den Wald und löscht die Flammen mit Wasser. Silva – der Wald. Gordo und Silva. Gordosilva. Dickwald! Christine setzte sich ruckartig auf. Das war es. Jetzt fiel ihr ein, woran der Name der Eventfirma sie erinnerte. Der Name war das spanische Äquivalent für Dickwald. Irgendwie musste ihre alte Chefin dahinter stehen. Wie blöd war sie nur gewesen! Sie hatte ihre Mail mit der Anfrage wegen der Veranstaltung direkt an Gordosilva, also an Frau Dickwald geschickt. Wenn diese hinter den ganzen Betrügereien steckte, war es kein Wunder, dass man einen Mordanschlag auf sie geplant hatte. Und Rico mit den vorstehenden Zähnen war wahrscheinlich ihr Werkzeug gewesen. Und Frau Dickwald war kürzlich hier auf Gran Canaria gewesen zu einem Termin mit der Buchhaltung. Da hatte sie dann wohl auch das Bonbonpapier am Swimmingpool verloren. Hatte sie den alten Manager vielleicht ins Wasser gestoßen, so dass dieser umgekommen war?

„Landelin!", sie schaltete das Licht an, schüttelte ihren Chef und beugte sich über ihn. Er öffnete panisch seine Augen. „Hilfe!", schrie er. „Aliens!"
„Ruhig! Ich bin es nur. Ich weiß, dass ich dicke und geschwollene Augen habe. Aber das ist Ihre Schuld. Warum sind Sie nicht pünktlich zur Verabredung gekommen?! Ich habe es jetzt. Hören Sie zu!", dann fiel ihr auf, dass sie nackt war, denn wegen ihrer Verbrennungen hatte sie keinen Stoff

auf ihrer Haut ertragen. Aber nachdem Landelin sie mehrfach am ganzen Körper mit Aloe Vera Lotion eingerieben hatte, fühlte sich die Haut wieder gut an. Mehr als gut, an den Stellen, wo ihr Körper die Haut ihres Chefs berührte, der wohl aus Solidarität ebenfalls bis auf die Boxershorts unbekleidet war. Aber es fühlte sich jetzt komisch an, ihn zu siezen, wo sie doch praktisch Haut an Haut lagen.

„Landelin! Wach auf. Ich weiß, was hier vor sich geht. Wir müssen etwas unternehmen!" Leise teilte sie ihm ihre Erkenntnisse mit und Landelin wurde immer wütender. „Wenn ich diesen kleinen Mistkerl in die Finger bekomme, der kann etwas erleben! Stell dir vor, ich hätte dich nicht gefunden! Wir rufen sofort die Polizei!"

„Warte, wir können ja gar nichts beweisen. Pass auf, ich habe eine Idee."

Sie beugte sich über ihn und schilderte im Flüsterton ihren Plan. Dabei berührten ihre Brüste seinen Brustkorb.

„Süße", sagte er, „das ist ein toller Plan. So machen wir es. Aber ich habe auch eine gute Idee. Jetzt pass du mal auf!"

Vorsichtig nahm er ihre Brüste in die Hand und knetete sie sanft. Dann rollte er sie auf den Rücken und löschte das Licht. Christine seufzte lustvoll auf.

Am nächsten Morgen führte Landelin einige Telefonate. Christine griff sich währenddessen Landelins blauen Frotteebademantel und huschte leise, und ohne dass jemand sie sah, in die Fitnessetage. Dort versteckte sie den

Bademantel hinter der Bambustrennwand, platzierte einen Plastik-Kugelschreiber seitlich auf den Boden und legte sich wieder auf die Sonnenbank in Kabine 1. Ein leises Unbehagen beschlich sie, als sie sich an ihr gestriges Erlebnis erinnerte. Aber der Stecker war herausgezogen worden und heute konnte ihr nichts passieren. Sie klappte das Oberteil herunter, so dass durch den Öffnungsschlitz ihr Körper nur noch teilweise zu sehen war. Sie war sehr gespannt, ob ihr Plan aufgehen würde.

Gegen 10 Uhr morgens rief Landelin die Belegschaft in das Konferenzzimmer. Gespielt kummervoll blickte er in die Runde.

„Meine Damen und Herren. Vielen Dank, dass Sie alle Ihre Arbeit kurz unterbrochen haben. Ich habe Sie zusammengerufen, weil ich Ihnen leider eine sehr bedauerliche Mitteilung machen muss." Landelin schaute mit betont trauriger Miene aber zugleich sehr wachsam um sich. Vielleicht würde er schon gleich in einem Gesicht in dieser Runde etwas anderes sehen als Betroffenheit.

„Heute Morgen um fünf Uhr wurde von dem Reinigungspersonal auf einer Sonnenbank in der Fitnessetage der leblose Körper unserer neuen Mitarbeiterin Christine Hirsing aufgefunden. Offensichtlich wurde die Sonnenbank sabotiert, so dass sie die ganze Nacht durchlief und Frau Hirsing sich nicht befreien konnte. Ein Unfall ist auszuschließen. Die Polizei wurde bereits informiert, aber aufgrund eines Großeinsatzes in Vecindario können sie erst

heute um 12 Uhr erscheinen, um den Tatort abzusperren und die Spuren zu untersuchen. Und davon gibt es reichlich in der Kabine. Ich habe bereits auf den ersten Blick einige Dinge gesehen, darunter einen Kugelschreiber, auf dem bestimmt jede Menge Fingerabdrücke sind. Natürlich habe ich alles für die amtliche Untersuchung liegen lassen." Landelin holte tief Luft, um seinen letzten Treffer zu landen:
„Ich rechne damit, dass wir aufgrund der Spuren noch heute einen Täter überführen können. Bis auf weiteres bleibt die Fitnessetage geschlossen. Die Gäste sind bereits informiert. Vielen Dank. Das war's."
Landelin schaute genau in die Gesichter seiner Angestellten, die mit bestürzten Gesichtern einer nach dem anderen das Konferenzzimmer verließen. Täuschte er sich oder hatte er in den Augen von Rico Cordes zunächst ein triumphierendes Aufblitzen gesehen, das nun aber durch zusammengezogene Augenbrauen und einen betretenen Blick ersetzt worden war. Schnell machte Landelin sich auf den Weg zu den Solarien, um Teil zwei des Planes umzusetzen.
Rico Cordes begab sich nachdenklich zurück an seinen Arbeitsplatz. Seine anfängliche Hochstimmung war verpufft und er hatte plötzlich eine Heidenangst. War es sein Kugelschreiber, der dort in der Kabine gefunden wurde? Wie könnte er es nur erklären, wenn seine Fingerabdrücke darauf gefunden würden? Er musste sie anrufen. Sie würde ihm helfen. Kaum im Büro griff er seinen Telefonhörer und wählte die vertraute Hamburger Nummer.

„Wie kannst du mich am helllichten Tag mitten im Büro anrufen!", meldete sie sich vorwurfsvoll ohne Begrüßung. „Du hast Glück, ich bin gerade alleine. Was ist los?"
„Ich habe alles getan, wie du es wolltest. Aber jetzt habe ich ein Problem. Ein Riesenproblem. Es kann sein, dass ich dort etwas vergessen habe. Nachher kommt die Polizei. Was soll ich tun?"
„Woher soll ich das wissen, du Idiot. Hättest halt besser aufpassen sollen. Das ist jetzt dein Problem, nicht meins! Wäre bloß mein Cousin David Brandt eingestellt worden statt diesem arroganten Precht. Dann hätte alles so weiterlaufen können. Sieh zu, dass die Beweise verschwinden, sonst brauchst du dich hier nie wieder zu melden!" Sie knallte den Hörer auf.

Wütend blickte Rico seinen Telefonhörer an. So hatte er es sich nicht vorgestellt. Immerhin waren sie ein Team. Und jetzt so etwas. Sie ließ ihn einfach hängen. Nach allem, was er für sie getan hatte! Wo blieb jetzt seine Belohnung? Er knallte das Telefon Mobilteil auf den Tisch und rannte die Treppe hinunter. Jetzt musste er für sich selbst sorgen und die Beweise vernichten, bevor irgendwelche Fingerabdrücke gefunden würden. Er blickte um sich und als die Luft rein war, betrat er die Fitness-Etage. Er lauschte. Kein Ton war zu hören. Ganz schön blöd, dass sie hier nicht abgeschlossen hatten. Er grinste. Fünf Minuten und keine einzige Spur würde mehr zu ihm führen. Er lief leise zu den Sonnenkabinen.

Christine hörte seine leisen Schritte. Sofort stellte sie jegliche Bewegung ein und atmete nur noch ganz flach. Gleich würde ihr erfolgloser Mörder hereinkommen und er sollte denken, dass er sie siegreich kaltgemacht hatte. Sie horchte. Nur ein leiser Windzug verriet ihr, dass die Kabinentür sich geöffnet hatte. Christine hielt die Luft an. Sie ahnte es mehr als dass sie das leise Füßescharren hörte. Jetzt knackten Kniegelenke. Offensichtlich hob er gerade den Kugelschreiber auf. Das war ihr Stichwort. Mit einem Ruck schob sie das Oberteil der Sonnenliege hoch, sprang auf und stellte sich nackt wie sie war vor Rico.
„Du Ratte!", zischte sie. „Pech gehabt!"
Rico prallte mit aufgerissenen Augen zurück. Er griff sich an die Kehle und wurde schneeweiß.
„Ich weiß alles!", schrie Christine weiter. „Du und Frau Dickwald, ihr betrügt das Hotel um Hunderttausende von Euros. Und den alten Manager, den hast du auch umgebracht!"
Nach seinem anfänglichen Schrecken über ihren quicklebendigen Auftritt hatte sich Rico schnell gefasst. Er sprang auf sie zu und boxte ihr mitten ins Gesicht. Dann legte er seine Finger um ihren Hals und drückte zu.

„Jetzt hast du aber Pech gehabt. Beim ersten Mal hat es vielleicht nicht geklappt, aber jetzt kommst du hier lebend nicht mehr heraus. Dein ganzes Wissen nützt dir gar nichts!"
Er drückte fest zu. Christine gurgelte.
„Hil, HIlffe!" ihr Hilferuf erstickte.
Im selben Moment sprangen hinter der Bambustrennwand Landelin und zwei Polizisten hervor. Blitzschnell trennten sie Rico und Christine. Rico wurde auf den Boden geworfen. Dann schnappten die Handschellen zu.
„Ich bin unschuldig!" heulte er. "An allem ist Frau Dickwald schuld! Sie hat mich angestiftet. Es war alles ihre Idee. Sie wollte unbedingt viel Geld aus der Veranstaltungsorganisation abziehen. Ich wollte das alles nicht! Sie hat auch den alten Manager auf ihrem Gewissen, weil sie wollte, dass ihr Cousin Herr Brandt eingestellt wird. Der alte Manager war ihr auf die Schliche gekommen und hat sie hierherbeordert. Dann hat sie ihn zum Pool gelockt und ihn unter Wasser festgehalten. Ich bin u-n-s-c-h-u-l-d-i-g!!"
Rico sang wie eine Amsel, während die Polizisten ihn aus dem Hotel herauszerrten und in das Auto schubsten. Sein Geständnis würde auch Frau Dickwald ins Gefängnis bringen.

Unten in der Fitness-Etage fiel Christine Landelin zitternd um den Hals. Er drückte sie an sich und strich ihr sanft über das Haar.
„Es ist vorbei," flüsterte er in ihr Ohr. „Du warst großartig als Leiche. Toller Auftritt!"

Christine lächelte unter Tränen.

„Es ist so schade, dass nun alles vorbei ist. Ich fing gerade an, mich an dich als Chef zu gewöhnen."

„Süße, kleine Christine, meinst du, dass du dich auch an mich als Chef und als Mann gewöhnen könntest?"

Christine blickte ihn mit großen Augen an. Wie war das jetzt gemeint?

„Ich habe mich in den letzten Tagen eingehend mit den ganzen Bilanzen herumgeschlagen. Jetzt, wo wir den Betrug aufgedeckt haben, dürfte das Hotel genug abwerfen für uns zwei. Es soll ja verkauft werden und ich habe vor, es zu erwerben. Und ich möchte es gemeinsam mit dir führen. Was meinst du? Kannst du dir vorstellen, dauerhaft mit mir hier zu bleiben auf dieser Trauminsel? Das Hotel würde uns beiden gehören. Und du kannst so viele Veranstaltungen organisieren wie du willst. Vielleicht sogar irgendwann mal eine für uns beide. Du weißt, was ich meine." Er schaute sie bedeutungsvoll an.

Christines Herz hüpfte und klopfte wie verrückt.

„Herr Spion", jauchzte sie. „Wir sollen das Hotel führen? Wo soll das denn hinführen?"

„Direkt ins Glück", antwortete Landelin und verschloss ihren Mund mit einem Kuss.

Tödliche Trüffel

Liebes Tagebuch
Heute ist unser erster Urlaubstag auf dieser zauberhaften Insel. Vor einigen Minuten bin ich aufgewacht und habe gleich aus dem offenen Fenster geschaut. Diese Anlage auf Gran Canaria ist ein Träumchen! Es ist noch sehr früh und kein Mensch liegt am Pool, vor allem toben noch keine Kinder herum. Himmlisch! Unser Zimmer liegt im 14. Stockwerk und man hat hier einen tollen Überblick. Der Pool schlängelt sich um eine künstlich errichtete Palmeninsel herum, auf der eine tropisch anmutende Bar mit Hockern aus Rattan steht. Da werden Tony und ich nachher gleich einmal hin schwimmen. Ich werde einen eiskalten Cocktail zu mir nehmen. Mir läuft schon das Wasser im Munde zusammen. Tony wird wahrscheinlich ein Bier trinken. Wie ich mich auf diese zwei Wochen freue! Unser erster gemeinsamer Urlaub in diesem Jahr!
Tony schläft noch. Heute Nacht hat er überhaupt nicht geschnarcht. Ich hoffe, dass er sich in diesen zwei Wochen so richtig toll erholt, er hat viel zu viel gearbeitet in den letzten Monaten. Wir hatten kaum Zeit füreinander. Wenn ich nur

daran denke, wie oft ich abends alleine war, dann wundere ich mich, dass wir uns überhaupt noch wieder erkennen. Manchmal fühle ich mich wie eine Witwe oder wieder wie ein Single. Ich wünschte, er hätte mehr Zeit für mich. Neulich Abend habe ich in seiner Firma angerufen, aber er war nicht da. Die Sekretärin wusste auch nicht, wo er ist. Aber ich will mich nicht beklagen. Er tut es ja für mich. Oder besser, für uns. Damit wir ein schönes Leben genießen können. Es ist nur so, dass ich manchmal das Gefühl habe, dass er mich wie ein Möbelstück betrachtet. Nett anzusehen und praktisch und bequem, aber man hat sich daran gewöhnt und es ist nichts Besonderes mehr. Hier auf Gran Canaria werden wir viel Zeit füreinander haben. Das wird unserer Ehe sicherlich gut tun.

„Guten Morgen Jeanette, tollste Frau der Welt!", Tony räkelte sich unter dem dünnen Betttuch. Eine Sache, die ich im Ausland nicht mag, ist die Eigenart, nur ein dünnes Baumwoll-Tuch über das Bett zu spannen und eine Wolldecke darüber zu legen. Am oberen Ende wird dann dieses zweite Laken über die Wolldecke geklappt, damit man nicht mit der Hundertfach benutzten Wolldecke in Berührung kommt, und das Ganze wird unter die Matratze gestopft, so dass man sich wie in einer Zwangsjacke fühlt. Wenn man es dann aber aus der Matratze herauszieht, haben die Beine zwar Freiheit, aber im Laufe der Nacht verliert man durch das Gewühle garantiert den frischen Bezug und landet immer direkt unter der unhygienischen Baumwolldecke. Ich kriege immer Pickel, wenn so eine Decke direkt an meine Haut kommt. Vor allem im Gesicht. Natürlich hatte Tony sich auch freigestrampelt. Das Laken lag am Fußende und die Wolldecke lag auf seinem nackten Körper. Wie gut er aussah! Und er gehörte nur mir! Zärtlich küsste ich ihn.

„Guten Morgen, mein Leben!" Liebevoll streichelte ich seine glatte Brust und wir zogen noch einmal die Decke über unsere Körper.

Einige Stunden später gesellten wir uns zu einem anderen Ehepaar an die Bar, die wir schon am Frühstückstisch kennen gelernt hatten. Alexander und Julia kamen ebenfalls aus Hamburg und waren schon vor fünf Tagen angereist. Wir hatten am Morgen schon viel miteinander geredet und sie hatten uns Tipps gegeben, was man auf der Insel unternehmen konnte. An der Bar saß außerdem eine jüngere Blondine. Ich merkte, wie Tonys Augen immer zu ihr herüberwanderten. Schließlich schaute sie zu uns herüber und schrie entzückt:

"Tony, du hier!".

Mir warf sie einen abschätzenden Blick zu. Kannten die beiden sich? Ich musste nicht lange auf eine Antwort warten. Die Blonde zog sich ihr Bikini-Oberteil zurecht, das für ihre drallen Brüste definitiv zu knapp war. Dann wackelte sie mit ihren Hüften in unsere Richtung, wobei sie Tonys Blick mit ihren grünen Katzenaugen festhielt. Tony war inzwischen drei Nuancen dunkler geworden.

"Maria?! Wie lange ist es her! Du siehst gut aus!"
Klar, da wo Tony hinschaute, sah sie wirklich gut aus. Taille schmal und Gesäß und Oberkörper proper und gut genährt. Fragend hob ich die Augenbrauen und schaute Tony an.
"Ihr kennt euch?"
"Nein", sagte Tony und die Blondine sagte gleichzeitig:
"Ja!"
Dann schaute sie mich wieder etwas von oben herab an.
"Wir waren mal zusammen. 2 1/2 Jahre. Das war eine tolle Zeit, nicht wahr, Tony?"
Tony zuckte zusammen und wandte sich an mich.
"Aber das ist schon eine Ewigkeit her. Ich hätte dich beinahe nicht wieder erkannt, Maria".
"Wir müssen unbedingt mal etwas zusammen trinken!" Auch das war wieder an Tony gerichtet und nicht an mich. Mich würdigte sie keines Blickes, als sie sich erhob und wieder an ihren Platz ging. Dabei schwangen die Hüften zu jeder Seite 20 cm mehr als auf ihrem Hinweg zu uns.
Meine Augenbrauen rutschten noch weiter in die Höhe. Tony räusperte sich.
"Das mit Maria und mir war lange vor dir. Da ist wirklich nichts mehr. Mach dir keine Sorgen!"
"Ich mache mir auch keine Sorgen!"
Allerdings machte ich mir Gedanken. Und das nicht zu knapp. Wir hatten uns mal in einem unsinnigen Akt von Geständnisfreude, natürlich war eine Menge Alkohol im Spiel gewesen, unsere Phalanx an abgelegten und überwundenen

Liebschaften aufgezählt. Er hatte mir die Namen seiner Verflossenen genannt und ich hatte von meinen Ex-Freunden berichtet. Zumindest von einem kleinen Teil. Von einer Maria hatte ich noch nie etwas gehört!

* * *

Habe ich schon gesagt, dass ich Gran Canaria liebe? Ich liebe die frische salzige Luft am frühen Morgen, wenn die Touristen noch alle ihren Rausch ausschlafen. Ich liebe die Sonne, die meine Haut gnadenlos heiß backt, so dass ich nicht anders kann, als mich im eisigen Wasser abzukühlen. Besonders liebe ich, dass es hier keine grässlichen Insekten wie zum Beispiel Wespen gibt, die einem den Spaß daran verderben, draußen Papayas oder Ananas zu essen. Auch Tony ist froh, dass es hier keine Wespen gibt, denn er hat eine Allergie gegen Wespenstiche.

Am Nachmittag veranstaltete das Hotel eine Jeep Safari. Ich hätte lieber den ganzen Tag am Pool und in der Bar verbracht, aber Tony wollte gern mit. Also gingen wir auf unser Zimmer und packten eine Tasche mit den Dingen, die wir mitnehmen wollten. Beinahe hätte ich Tonys Allergieset vergessen, dann fiel es mir zum Glück noch ein. Tony führt immer ein Spritzenset mit Adrenalin mit, da er einmal bei einem Wespenstich beinahe gestorben wäre. Auch gegen Erdnüsse ist er hochallergisch. Ich erwartete weder Wespen noch

Erdnüsse in den Mountains of Gran Canaria, aber man weiß ja nie!

Liebes Tagebuch
Gestern haben wir eine Jeep Safari unternommen. Anfangs hat es mir totalen Spaß gemacht. Wir waren mit 5 Jeeps à 4 Personen unterwegs. Ich hätte es toll gefunden, wenn Alexander und Julia bei uns mit im Jeep gesessen hätten, aber Tonys alte Flamme Maria hat sich vorgedrängelt und dann war kein Platz mehr für die beiden. Sie sind daraufhin woanders mitgefahren und bei uns hat sich noch ein Typ aus Berlin dazugesetzt, der ziemlich viel geredet hat. Sehr nervig. Aber der Ausblick, den wir auf den kleinen Straßen in den Bergen genießen konnten, hat mich dafür entschädigt. Maria und der Berliner saßen hinten und redeten emsig miteinander. Tony und ich saßen in einvernehmlichem Schweigen vorne. Das heißt, ich dachte, es sei einvernehmlich. Dann fing das Busen-Wunder Maria allerdings an, Tony aufzuziehen. Ganz penetrant bezog sie ihn immer in das Gespräch mit ein und berührte ihn wie zufällig. Mich nicht. Tony hat das gefallen. Er wurde immer gesprächiger. Der Berliner dagegen wurde immer schmallippiger und schweigsamer und ich habe mich auch geärgert. Für ihre Freunde heiße sie Minkie, sagte sie. Ich habe sie demonstrativ weiter Maria genannt.

Am nächsten Tag verließen wir die Hotelanlage und legten uns mit Strandmatten und Handtüchern an den Strand von Anfi

Beach. Der Sand war karibisch weiß und fein. Normalerweise ist der Sand auf Gran Canaria immer dunkel von dem grobkörnigen Lavagestein, aber für diesen Strand hatte man vor einigen Jahren Unmengen karibischen Sands angekarrt. Wir holten uns zwei Liegen und breiteten unsere flauschigen Hotelhandtücher darauf aus. Ich schloss die Augen und lauschte auf das feine Plätschern der Wellen und das etwas lautere Geschrei der Kinder. Tony lag auf dem Rücken und hatte seinen Sonnenhut über das Gesicht geschoben. Offensichtlich war er bereits eingeschlafen. Ganz leise schnarchte er vor sich hin. Und auch ich wurde langsam müde. Alle Anspannung der letzten Monate fiel von mir ab. Meine Hand rutschte von der Liege auf den Sand und träge ließ ich den feinen Sand mit den kleinen Muscheln durch meine Finger gleiten.

Zufrieden döste ich so eine Weile vor mich hin, bis ich plötzlich von einem eiskalten Wasserspritzer getroffen wurde. Ich öffnete die Augen. Neben Tonys Liege stand „Minkie" und schüttelte ihre nassen, langen blonden Haare über ihm aus. Von den kalten Tropfen getroffen fuhr Tony in die Höhe, aber als er sah, was die Ursache dieser Wasserattacke war, fing er an zu lachen, sprang auf Maria zu und versetzte ihr einen Klaps. Sie lachte, wollte ihn abwehren und so rangen die beiden halbnackten Körper spielerisch für einen Moment. Maria lachte mich an. Es war aber kein freundliches Lachen, das mich mit einbezogen hätte, sondern es lag Triumph und eiskalte Berechnung darin. Ich fühlte mich, als würde mir der Boden unter den Füßen weggezogen. Hätte ich ihn so eiskalt aus dem Schlaf herauskatapultiert, wäre er garantiert wütend geworden. Selbst wenn ich ihn morgens wecke, muss ich besonders vorsichtig sein. Der Wecker klingelt immer leise auf meiner Seite des Bettes. Dann stehe ich auf, koche ihm einen Kaffee, den stelle ich dann direkt neben seinem Kopfkissen auf den Nachttisch und warte, bis der Kaffeeduft sein Unterbewusstsein erreicht hat. Wenn er sich dann im Schlaf bewegt, sage ich ganz leise: „Guten Morgen, Schatz!" oder „Aufgewacht, die Sonne lacht!" Dann öffnet er verschlafen die Augen und ich massiere ihm sanft die Schultern, bis er wach ist. So liebt er es. Und jetzt kommt da so eine „Minkie", erlaubt sich so eine Frechheit und er scheint es auch noch toll zu finden! Und zu allem Übel sind die beiden mal ein Paar gewesen. Wer weiß, was er fühlt, wenn er ihr spielerisch einen Klaps gibt oder sie berührt! Werden alte Gefühle in ihm geweckt? Ich kann mir nicht vorstellen, dass er ihr gegenüber total gleichgültig ist. Ich bin doch nicht blind! Wie kann er mich nur so demütigen! Mir wurde richtig übel. Mein Herz klopfte wie verrückt und die Kehle war mir wie zugeschnürt. Natürlich habe ich mir nichts anmerken lassen.

Liebes Tagebuch
Ich sitze hier in meinem Hotelzimmer und trinke noch ein Glas Wein. Tony schläft schon tief und fest. Er hat heute beim Abendbrot ziemlich viel Alkohol getrunken. Das Büfett war sehr

reichhaltig. Es gab verschiedene Platten mit mehreren gegrillten Fleischsorten und wir haben uns von allem bedient. Auch die unterschiedlichen Grillsoßen haben toll geschmeckt. Die Erdnuss-Soße habe natürlich nur ich genommen, Tony ist ja dagegen extrem allergisch. Gut, dass alles so gewissenhaft ausgezeichnet ist. Man weiß immer genau, welche Inhaltsstoffe in welcher Schale sind. Maria saß uns am Tisch gegenüber. Sie hat zwar ein langes Gespräch mit dem großkotzigen Berliner geführt, aber ich habe sie und Tony genau beobachtet. Und Maria hat mich beobachtet, wie ich Tony beobachtet habe. Dann hat sie Tony zugezwinkert. Ich bin sicher, dass sich zwischen Tony und ihr etwas abspielt. Diese blöde Nuss. Soll sie sich doch einen eigenen Mann suchen. Und Tony hat sich nahezu lächerlich gemacht, indem er immer versucht hat, das Gespräch an unserem Tisch an sich zu ziehen und alle zum Lachen zu bringen. Als müsste er ihr beweisen, was für ein Platzhirsch er ist.

Als wir dann vorhin im Fahrstuhl waren und zum Hotelzimmer fuhren, griff er mir an den Po. Das macht er sonst nie. Wahrscheinlich hat er sich vorgestellt, dass er die Po Backe von Maria in der Hand hat. Vorhin, als wir dann miteinander geschlafen haben, war er auch anders als sonst. Viel stürmischer. Bestimmt hat er in seiner Phantasie mit „Minkie" gevögelt. Ich hasse ihn.! Ich liebe ihn. Ich habe Angst. Was ist, wenn er mich verlässt? Das darf nie passieren! Gute Nacht, liebes Tagebuch. Danke, dass du mir zuhörst.

Der nächste Morgen traf mich mit voller Wucht mitten im Gesicht. Das Glas Rotwein war wohl eines zuviel gewesen. Ein fester Schraubstock hatte sich um meinem Kopf festgezogen und Tausend böse kleine Zwerge saßen hinter meinen Augen und hämmerten erbarmungslos auf meine Augäpfel ein. Migräne mitten im Urlaub ist gemein. Mein Magen fühlte sich an, als hätte jemand einen zusätzlichen Kanister Magensäure eingefüllt. Ich stöhnte und zog die Decke über meine Augen. Tony war schon auf. Er hatte die Vorhänge zur Seite gezogen und starrte angestrengt nach draußen. Suchte er jemanden? Maria vielleicht? Mir war alles egal.

„Tony", sagte ich schwach, „mir geht es ganz schlecht. Ich habe heute Migräne."

„Ach Süße", er ließ sich auf der Bettkante nieder, „das tut mir aber Leid. Soll ich dir einen Kaffee holen?"

„Nein, bloß nicht. Ich kann nichts zu mir nehmen."

„Soll ich einen Arzt rufen?"

„Ich brauche bloß Ruhe. Ich nehme gleich eine Tablette. Ich glaube, ich habe noch eine in meiner Kulturtasche. Kannst du sie mir bitte bringen? Und gehe du bitte alleine zum Frühstück."

Er strich mir sanft über die Haare. Es fühlte sich an, als ob er mit Schleifpapier 20er Körnung über meine Haut ratschte. Oder riss er mir gerade die Kopfhaut ab? Dann brachte er mir aus dem Badezimmer die letzte Migränetablette, die ich gleich mit einem großen Schluck Wasser zu mir nahm.

„Ich bleibe heute aber im Hotel mit dir", bot er mir an.

„Das kommt nicht in Frage! Bitte mache dir einen schönen Tag! Denke daran, dass wir heute mit Julia und Alexander zum Strandtag verabredet sind. Heute Abend geht es mir bestimmt besser."

„Ok. Dann pass auf dich auf. Ich bin spätestens heute Nachmittag wieder hier."

Tony nahm sich seine Strandtasche und verschwand durch die Tür. Ich drehte mich ächzend auf die andere Seite und schlief weiter.

Ich schlief einen unruhigen Schlaf. In meinem Traum spielte mir meine Eifersucht wieder und wieder Szenen vor, in denen Maria mir meinen Tony wegnahm. Mal lagen Tony und ich alleine am Strand und küssten uns und plötzlich stand Maria hinter uns, lachte und lief mit Tony weg. Dann waren Tony und ich zu zweit auf einem Segelboot. Der Wind spielte mit unseren Haaren. Wir segelten genau in den Sonnenuntergang hinein. Plötzlich zog sich Maria, mit einem knappen Bikini bekleidet, an der Bordwand hoch und warf sich Tony an den Hals. Dann setzten die beiden mich im Beiboot aus und ich sah zu, wie das Segelschiff mit Maria und Tony sich langsam entfernte. Ich wachte schreiend auf und war schweißgebadet. Doch das Migräne Medikament hatte mich so müde gemacht, dass ich gleich wieder einschlief.

Als ich dann am späten Mittag erwachte, ging es mir schon besser und nach einer heißen Dusche fühlte ich mich wieder

halbwegs wie ein Mensch. Ich legte etwas Make up auf und setzte mich in das Hotelcafé vorne an der Straße, um Tony dort zu erwarten. Ich wählte einen Tisch im Schatten und ließ mir einen Cafe con leche bringen. Nach einer Stunde bestellte ich einen weiteren Kaffee. Wo blieb Tony nur? Ich nahm meinen Liebesroman aus meiner Umhängetasche und vertiefte mich in die Lektüre, doch ich konnte mich nicht konzentrieren. Er hatte doch versprochen, am Nachmittag zurück zu sein. Alexander und Julia zogen am Café vorbei in Richtung Hoteleingang. Sie kamen mit Sack und Pack gerade vom Strand zurück.
„Julia, habt ihr Tony gesehen?", rief ich ihr zu.
„Ja, der war heute Morgen mit uns am Strand, ist jetzt aber mit Maria noch in Richtung Puerto Rico gefahren!"
Da war er wieder, dieser Schlag in die Magengrube. Ich war krank und er hatte versprochen, bald wieder da zu sein, stattdessen vergnügte er sich mit seiner „Minkie". Ich ließ mir meine Wut nicht anmerken. Um mich von dem schmerzhaft bohrenden Eifersuchtsgefühl abzulenken, bestellte ich mir einen Cognac. Warm brannten die Prozente in meinem Hals und ich trank gleich noch einen zweiten hinterher. Ich spürte, wie eine wohlige Wärme durch meine Blutbahnen strömte. Allmählich löste sich die Faust im Magen auf und wich einer angenehmen Gleichgültigkeit. Um sie aufrecht zu erhalten, bestellte ich mir noch ein Glas Weißwein. Ich weiß zwar, dass man Alkohol nicht mit den Migränemitteln zusammen nehmen sollte, aber das war mir jetzt egal. Nun hatte ich auch

genügend Courage, um der Wahrheit ins Gesicht zu blicken. Ich musste wissen, wie weit die Beziehung zwischen Tony und Maria gediehen war.

Ich hinterließ meine Zimmernummer anstelle einer Bezahlung und schlenderte den kleinen Fußpfad hoch, der sich von der Hotelanlage zur Hauptstraße wand, an der sich die Bushaltestelle aus Puerto Rico befand. Es interessierte mich brennend, wie die beiden sich zueinander verhielten, wenn sie sich unbeobachtet wähnten.

Mist. Ich war einen Moment unachtsam gewesen und war an einem unebenen Stein umgeknickt. Beinahe wäre ich vor Schmerz wieder nüchtern geworden. Aber zum Glück nur beinahe. Ich brauchte jetzt dieses etwas diffuse, nebelige und etwas schwindelige Gefühl, das so wohltuend die Eifersucht dämpfte. Ich schlingerte über die Hauptstraße und verbarg mich hinter einem Werbeschild für Veterano Osborne. Ein stattlicher schwarzer Stier warb dort für Hochprozentiges. An der Stelle, wo sein Geschlechtsteil sein sollte, war die Papptafel kaputt und zerrissenes Papier umrahmte einen größeren Riss. Ich bezog Stellung hinter der Papptafel und hatte durch den Riss in dem Reklameschild einen guten Überblick über die Bushaltestelle, die Straße und den Pfad zum Hotel. Von der Straße aus war ich dagegen nicht zu sehen. Ich machte es mir auf einem größeren Fels gemütlich und wartete. Sobald sich ein Bus näherte, bezog ich meinen Beobachtungsposten und wartete, ob meine beiden Verdächtigen ausstiegen.

Vier Busse passierten, ohne dass Tony und Maria ausgestiegen wären. Langsam fing ich an zu frieren. Die Sonne hatte sich inzwischen hinter den Felsen verzogen und einen langen Schatten über die Umgebung geworfen. Meine anfängliche Urlaubseuphorie war wie weggeblasen und am liebsten säße ich jetzt allein mit Tony in unserem gemütlichen Wohnzimmer in unserer kuscheligen 3-Zimmer-Wohnung in Hamburg Winterhude. Warum waren wir bloß nach Gran Canaria gefahren? Wären wir zu Hause geblieben, dann hätte Tony nicht seine Jugendliebe getroffen. Warum hatte er mir ihre Existenz verschwiegen? Da steckte doch mehr dahinter.

Am liebsten wäre ich in einen dieser Busse gestiegen und weggefahren. Vielleicht sogar bis zum Flughafen und dann nach Hause. Die Busse wurden von den Einheimischen liebevoll „Guagua" genannt, ein Begriff aus der Originalsprache der Guanchen, der Ureinwohner dieses Inselarchipels. Guagua klang ein bisschen wie das Quaken eines Frosches. Ich sagte laut „Guagua" und musste gleichzeitig lachen. Darüber hätte ich beinahe übersehen, dass gerade wieder ein Bus an der Haltestelle stoppte. Dieses Mal stiegen beide aus. Ich presste mein Gesicht fest an das Loch über dem besten Stück des Stiers in der Werbepappe und sah, wie beide langsam nach rechts und nach links schauten und dann die Straße überquerten. Sie sprachen miteinander, hielten sich aber nicht an den Händen und küssten sich nicht, wie ich es, ehrlich gesagt, vermutet hatte. Hatten sie mich hier gesehen? War ich vielleicht für einen kurzen Moment hinter meiner Stiertafel sichtbar gewesen als der Bus über die letzte Anhöhe gefahren war, so dass sie jetzt gewarnt waren, dass ich sie beobachtete? Wahrscheinlich waren sie einfach besonders vorsichtig, damit keiner auf ihre Spur kam.

Tony trug eine kleine Tüte. Waren sie einkaufen gewesen? Was mochte in der Tüte sein? Ich kniff die Augen zusammen. Es handelte sich um eine rot-weiße Tüte, wie man sie in der Farmacia, der spanischen Apotheke erhält. Wut stieg in mir hoch. Hatten die beiden etwa Kondome gekauft? So eine Frechheit. Das Atmen fiel mir schwer. Ich fühlte mich ausgeschlossen und machtlos. Ausgeliefert einem Schicksal, dass wie der Autor eines schlechten Romans grausame Fäden spann und ihnen Leben einblies. Beinahe wäre ich angefahren worden, als ich versäumte beim Überqueren der Straße nach beiden Seiten zu schauen. Ich durfte sie nicht aus den Augen verlieren. Vielleicht verrieten sie sich noch. Ich beschleunigte meinen Schritt.

In unserem Hotelzimmer kein Mensch. Waren sie direkt auf Marias Zimmer gegangen, um ihre Kondome aus der Apotheke auszutesten? Leider kannte ich Marias Zimmernummer nicht. Ich ging zur Rezeption, um sie mir geben zu lassen. Die beiden hätte ich gern in Flagranti ertappt. Wieder und wieder lief vor meinem geistigen Auge ein Film ab, in dem ich in

Marias Zimmer trat und die beiden in ihrem Bett vorfand. Von wegen da ist nichts mehr. Ich habe doch gesehen, wie sie ihn mit den Augen verschlingt.

Leider erhielt ich an der Rezeption die gewünschte Auskunft nicht. Man sagte mir, es sei nicht üblich, die Zimmernummern der anderen Gäste herauszugeben. Statt dessen guckte mich der Portier viel sagend an. Bin ich denn für jeden hier der Trottel? Steht ein Schild auf meiner Stirn auf dem steht "Ich werde gerade betrogen"? Blanke Wut auf Tony wallte in mir hoch, aber es blieb mir nichts anderes übrig als zur Abendmahlzeit herunterzugehen und dort auf ihn zu warten.

Dort saßen die beiden auch schon und unterhielten sich mit Alexander und Julia. Was für eine bodenlose Gefühlskälte. Zuerst betrogen die beiden mich nach Strich und Faden und dann saßen sie hier wie harmlose Touristen nach einem geselligen Tag. Ich spürte, wie Tränen hinter meinen Augen brannten. Schnell bediente ich mich beim Tischwein, bis ich wieder den Level der kühlen Gleichgültigkeit erreicht hatte. Es gelang mir sogar, Maria ein Kompliment über ihre Sonnenbräune zu machen. Tony nickte ich freundlich zu, als er mich nach meiner Migräne fragte. Reden konnte ich nicht mit ihm. Ich schaute seine schlanken Finger an und stellte mir vor, wie er sie sanft durch das Haar seiner neuen Geliebten gleiten ließ. Ein wohl vertrauter Schmerz durchzog mich bei dieser Vorstellung. Es war genug. Es reichte mir. Wie tief war ich gesunken, dass ich mein Glück und mein

Wohlbefinden von dem Auf und Ab in dieser Beziehung abhängig machte? So ging es nicht weiter. Ich hasste Tony.

Wieder goss ich mir ein Glas Rotwein ein. Dann folgte ich Tony zum Büfett. Er nahm einen Teller, legte gegrilltes Geflügel, Brokkoliröschen, Choriza, das ist eine besonders scharfe spanische Wurstsorte, die ich nicht besonders gern mag, weil ich davon immer Sodbrennen bekomme, dazu Gambas in Trüffelsoße und Weißbrot auf seinen Teller. Plötzlich lichtete sich der Nebel in meinem Kopf. Ich war schlagartig völlig klar und eine brillante Idee nahm Besitz von mir.

Mit der menschlichen Wahrnehmung ist es schon so eine Sache. Wir verlassen uns immer hundertprozentig auf unsere Sinne und merken gar nicht, wie leicht wir uns manipulieren lassen. Tony und ich haben einen gemeinsamen Freund, der sich auf Partys Geld mit Zauberei verdient. Er sagt, die Leute sehen grundsätzlich nur das, was sie erwarten zu sehen. Und er bindet ihr Augenmerk gern an die Dinge, die sie sowieso sehen dürfen. Der eigentliche Trick entgeht ihnen dadurch. Ich habe mal gelesen, dass es Untersuchungen gab, in denen man den Probanden einen Film mit einem unerwarteten optischen Reiz vorführt, zum Beispiel wurde ein kleines Kreuz oder ein Quadrat eingespielt. Wird die Aufmerksamkeit im selben Moment auf etwas anderes konzentriert, übersehen fast alle diesen Gegenstand. Dieses Phänomen wird inattentional blindness bzw. Unaufmerksamkeitsblindheit genannt. Das geht sogar so weit, dass die Versuchspersonen auf einem gefilmten Fußballspiel einen vorbeigehenden Menschen im Gorillakostüm übersehen können, weil sie ausschließlich mit dem Zählen von Ballwechseln beschäftigt sind und mit dem Auftauchen eines Gorillas überhaupt nicht rechnen. Deshalb sehen sie ihn auch nicht. Hinterher schwören sie Stein und Bein, dass niemals ein Gorilla das Spielfeld gekreuzt hat. Wenn man sich etwas auskennt mit dieser Tatsache der selektiven Wahrnehmung, kann man es für seine Zwecke einsetzen und die Leute das übersehen lassen, was sie nicht sehen sollen. Genau das würde ich jetzt mit meiner netten kleinen heuchlerischen Tischrunde machen!

Ich nahm ebenfalls einen Teller vom Stapel, drapierte in der gleichen Anordnung gegrilltes Geflügel, Brokkoliröschen, Choriza, dazu Gambas in Trüffelsoße und Weißbrot auf meinen Teller. Leider musste ich auch eine große Portion schwarzer Oliven nehmen. Ich hasse Oliven. Besonders die schwarzen. Mir wird regelrecht übel davon! Aber mein Teller sollte genauso aussehen wie Tonys, deshalb überwand ich meinen Ekel und häufte 14 Oliven neben die Choriza Wurst. Ich musste sie ja nicht essen. Dann nahm ich einen Esslöffel voll von der Erdnussbuttersoße und mischte sie unter meine Trüffelsoße mit den Gambas. Man konnte den Unterschied nicht sehen. Liebevoll ordnete ich die Gambas genauso an, wie ich es auf Tonys Teller erspähte. Dann folgte ich Tony zurück zu unserem Tisch.

„Schatz", sprach ich ihn an, als er den Teller auf seinen Platz gestellt hatte, „kannst du mir bitte noch etwas Brot holen?" Natürlich hatte ich genug Brot. Zwei Scheiben, genau wie Tony. Mehr würde ich nicht essen. Aber es war mir wichtig, dass Tony noch einmal den Platz verließ. Ich stellte meinen Teller neben seinen. Kaum jemand an unserem Tisch blickte auf. Alle waren sie mit ihren Hühnerbeinen beschäftigt. Vorsichtshalber lenkte ich noch die Aufmerksamkeit meiner Tischnachbarn auf die Wasserkaraffe, damit sie auch wirklich abgelenkt waren.

"Julia, kannst du mal gucken, ob da noch Eiswürfel drin sind?" Es war mir völlig egal, ob noch Eis in der Kanne war, aber ich wollte kurz ihre Aufmerksamkeit binden. Alle blickten auf und ich ließ mich ganz selbstverständlich auf Tonys Platz gleiten. Niemandem fiel auf, dass ich soeben die Plätze getauscht hatte. Da kam Tony auch schon zurück und legte mir zwei weitere Scheiben Brot auf den Teller, der ja eigentlich sein Teller war. Aber das merkte er nicht, denn es lag ja alles darauf, was auch er sich am Büfett ausgesucht hatte. Tony setzte sich ahnungslos vor meinen Teller und begann zu essen. Keiner, noch nicht einmal Tony, hatte gemerkt, dass wir unsere Plätze getauscht hatten.

Nebenbei unterhielten wir uns mit den anderen Hotelgästen, die mit mehr oder weniger gefüllten Tellern vom Büfett zurückkamen. Ich war besonders geistreich und kommunikativ. Zugleich war ich gespannt wie ein Flitzebogen und konnte es kaum erwarten, bis Tony sich zu den Gambas vorgearbeitet hatte. Eine tödliche Ruhe hatte sich meiner bemächtigt und es war, als sähe ich mir von außen beim Essen zu. Bewundernd sah ich, wie ich mit Maria scherzte und Tony Luftküsse zuwarf. Ich war eine tolle Schauspielerin! Tony hatte inzwischen seine Hühnerbeine bis auf die Knochen abgeknabbert und wandte sich jetzt den Brokkoliröschen zu, die er jeweils mit einer aufgespießten Chorizo-Scheibe verzehrte. Langsam wurde ich etwas aufgeregt. Ich verlangsamte meine Atmung, um mich zu beruhigen. Ich hatte gar nicht mitbekommen, dass Maria sich zu Tony herübergebeugt hatte und mit ihm flüsterte.

Auch ich beugte mich jetzt zu Tony herüber und fragte ihn:
"Was hat sie dir gesagt?"
„Sie hat mir nur gesagt, dass ihr die Chorizo Wurst auch besonders gut schmeckt."
"Ha! Das glaube ich dir nicht. Warum hat sie dann geflüstert?"
"Ich habe keine Ahnung, Liebes. Das musst du sie schon selbst fragen."
Ich war überzeugt, dass Maria eine komplett andere Botschaft geflüstert hat. Wahrscheinlich eine sexuelle Anzüglichkeit.

Das mit der Wurst hatte sich Tony schnell ausgedacht, um mich zu beruhigen. Aber es beruhigte mich überhaupt nicht.
"Was habt ihr eigentlich vorhin noch gemacht?" Jetzt wollte ich es genau wissen. Ich wollte ihn aufs Glatteis führen. Irgendwann würde er sich verraten und aus Versehen etwas mitteilen, von dem ich auf sein Verhältnis zu Maria schließen konnte. "Julia hat mir gesagt, dass ihr noch in Puerto Rico wart?"
Mein Herz klopfte zum Zerspringen, als ich diese Frage stellte und ich nahm schnell ein paar Schlucke aus meinem Weinglas.
„Wir waren vorhin noch in Puerto Rico, weil ich in der Apotheke Schmerzmittel für deine Migräne gekauft habe. Ich wollte dir die Sachen gleich ins Zimmer bringen, aber du warst nicht da. Da habe ich die Tüte aus der Apotheke auf den Tisch gelegt. Ich bin froh, dass es dir besser geht."
Dabei schaute er tief in meine Augen und schob die nächste Portion Gambas mit einem gehörigen Klecks Trüffel Soße, unter die ich ja die Erdnuss-Soße gemischt hatte, in seinen Mund.
Plötzlich sog er mit einem hässlichen Geräusch tief die Luft ein. Es hörte sich an wie der alte Blasebalg von unserem Gummiboot, mit dem wir manchmal auf den Hamburger Seitenkanälen fahren. Dieser Blasebalg pfeift, wenn er die Luft in das Gummiboot abgibt, und wenn er dann neue Luft zieht, um beim nächsten Zusammendrücken erneut die Luft in das Boot zu pressen, dann macht er immer so ein röchelnd-

rasselndes Geräusch, als würde mit hohem Druck viel Luft durch einen viel zu engen Spalt gesogen. So wie jetzt durch Tonys Bronchien. Seine Augen, mit denen er mich eben noch liebevoll angesehen hatte, quollen hervor und weiteten sich vor Angst, als er begriff. Dann riss er den Mund auf und ich konnte seine Zunge sehen, die wie ein Fisch zappelte. Als nächstes quoll das Gesicht auf. Sein Augenbrauenpiercing schnitt tief ins Fleisch als seine gesamte Augenpartie anschwoll. Die Lippen waren aufgeblasen wie ein blassrotes Schlauchboot. Entsetzt starrte ich ihn an. Ich wusste nicht, ob ich hysterisch lachen oder schreien sollte. Ich entschied mich für schreien.
„Hilfe, mein Mann stirbt! Bitte, Tony, sag doch etwas!" Ich konnte nichts mehr für ihn tun. Es ging alles so schnell. Leblos kippte er auf den Teppich.

Alexander stürzte auf Tonys liegenden Körper zu, riss sein Hemd auf und begann eine Druckmassage. Gleichzeitig blies er ihm Luft ein. Ich rannte beflissen nach oben, um Tonys Allergiebesteck zu holen, es hätte komisch ausgesehen, wenn ich das nicht getan hätte. Ich rechnete sowieso nicht damit, dass die Spritzen ihm wieder Leben einhauchen würden. Natürlich beeilte ich mich nicht zu sehr und hielt mich einige Minuten länger als notwendig im Hotelzimmer auf. Ich musste erst einmal ein wildes Lachen herauslassen, das ich die ganze Zeit unten unterdrückt hatte. Ich warf mich aufs Bett und wieherte fast vor Lachen. Das war ja so einfach gewesen! Das hatte er nun davon. "Minkie"-Maria würde wahrscheinlich ganz schön dumm aus der Wäsche schauen, dass der Lover, den sie sich ausgeguckt hatte, nun tot auf dem Teppich lag. Von mir aus konnte sie ihn jetzt haben.

Als ich dem Bedürfnis zu Lachen genug stattgegeben hatte, überprüfte ich noch einmal vor dem Spiegel, ob in meinem Blick eine glaubwürdige Mischung aus Schock und Trauer abzulesen war. Vorsichtshalber verwischte ich noch meine Wimperntusche. Echte Tränen wären natürlich noch überzeugender gewesen, aber die wollten nicht fließen. Zu tief waren die Wunden, die Tony mir mit seiner Untreue angetan hatte.

Plötzlich fiel mein Blick auf den Tisch. Dort lag sie, die Tüte aus der Apotheke aus Puerto Rico. Ich ging hin und warf einen Blick hinein. Dort lag eine lila-weiße Schachtel mit "Antimigrain", ein Medikament, das Tony mir schon öfters im Urlaub besorgt hatte, wenn ich unter einer Migräne Attacke litt. Hatte er die Wahrheit gesagt? War er wirklich nur nach Puerto Rico gefahren, um mir die Tabletten zu besorgen?

Nachdenklich rannte ich wieder nach unten und warf Alexander, der sich noch immer mit Tonys leblosem Körper abmühte, dessen Allergiespritzen zu, doch natürlich hatte es keinen Zweck mehr. Der sofort herbeigerufene Arzt konnte auch nur noch den Tod feststellen. Nach einer oberflächlichen Befragung von mir und den anderen Hotelgästen, die an unserem Tisch saßen, vermuteten die Polizisten später, dass der Tod durch einen allergischen Schock ausgelöst worden war. Vermutlich hatte er, so meinte einer der Polizisten nachdem ich ihm von Tonys Wespen- und Erdnussallergie berichtet hatte, sich versehentlich bei der Erdnuss-Soße bedient. Ein Wespenstich war jedenfalls an seinem geschwollenen Körper nicht zu entdecken, also mussten es ja wohl die Erdnüsse gewesen sein. Ich nickte nur und verbarg geschickt meinen Triumph. Mein Plan ging auf. Keiner hatte gemerkt, wie geschickt ich Tony manipuliert hatte, so dass er vor meinem und nicht vor seinem Teller saß und meine Erdnuss-Soße aß. Die Leute sind so unaufmerksam! Mein Glück!

Liebes Tagebuch
Die letzten fünf Tage habe ich nur im Alkohol- und Tablettennebel überstanden. Ich bin wieder zu Hause, aber Tony ist nun nicht mehr bei mir. Sie haben seinen Körper noch am selben Abend nach Las Palmas in das Pathologische Institut gebracht.
Natürlich war auch die Polizei da. Auch am nächsten Tag haben sie mich wieder befragt. Sie hatten festgestellt, dass auf Tonys Teller Erdnuss-Soße war und dass diese seinen Tod durch Ersticken verursacht hat. Allergischer Schock eben. Ich habe die fassungslose Ehefrau gespielt, die überhaupt nicht begreifen konnte, wie er sich Erdnuss-Soße auf seinen Teller häufen konnte, obwohl er doch genau wusste, dass er allergisch war. Keiner hat meinen Trick mit den vertauschten Sitzplätzen durchschaut. Ich war so schlau! Hätte ich die Teller

vertauscht, wäre die Gefahr viel zu groß gewesen, dass irgendjemand diese Handbewegung mitbekommt. Doch die Leute beobachten so ungenau. Ob jemand links oder plötzlich rechts sitzt, das kriegt keiner mit.
Aber meine Erinnerung an den Abend als Tony starb ist wie zerfetzt. Ich kann mich noch erinnern, dass anfangs alles so klar und einfach schien. Tony hatte mich betrogen, und das schmerzte so sehr, dass ich ihn töten wollte. Später sanken kleine Bruchstücke von Erinnerungen in meinen Kopf. Tony hatte gesagt, dass er mich liebte. Er hatte keine Kondome in der Apotheke gekauft, sondern Migränemittel für mich. Aber das hatte ich gar nicht wahrgenommen. Ich war zu sehr darauf konzentriert, wann er die tödliche Soße zu sich nehmen würde. Hinterher, nachdem die Polizei Tonys Körper abgeholt hatte und wir an unserem Tisch wieder allein saßen, hat Maria mich so merkwürdig angesehen. Ahnte sie etwas?
Jetzt frage ich mich natürlich, hat Tony mich nun betrogen oder nicht?
Liebes Tagebuch, warte einen Moment. Es hat geklingelt.

Ich klappte das Buch zu, ging in den Flur und öffnete die Wohnungstür. Draußen standen zwei Männer in dunklen Anzügen. Ich blickte sie fragend an.
„Guten Tag Frau Döhrer. Mein Name ist Menk, von der Kripo Hamburg. Das ist Herr Gloss. Dürfen wir hereinkommen? Wir haben ein paar Fragen an Sie."

Mein Herz raste. Mit zitternden Fingern nahm ich die Identifizierungsausweise der beiden Polizisten entgegen. Was wollten die denn hier? Es war doch amtlich festgestellt worden, dass es ein Unfall gewesen war.

„Natürlich, die Herren. Bitte treten Sie ein", ich versuchte, mir meine Nervosität nicht anmerken zu lassen. „Was kann ich für Sie tun?"

„Zunächst einmal möchten wir Ihnen unser herzliches Beileid zum plötzlichen Tod Ihres Ehemannes aussprechen. Es war bestimmt ein großer Schock für Sie." Der jüngere der beiden schaute mich mit echter Anteilnahme an. Ich merkte, wie meine Augen sich mit Tränen füllten. Irgendwie lagen die Gefühle noch dicht unter der Oberfläche. Ein kleiner Teil von mir bedauerte sogar Tonys Tod. Immerhin waren wir 8 Jahre verheiratet gewesen. Und es waren keine schlechten 8 Jahre gewesen. Aber immer diese Angst, dass er mich mit anderen Frauen betrog. Immer diese bohrende Ungewissheit, ob er wirklich Überstunden machte oder ob er mit einer anderen Frau zusammen war. Und dann dieses Techtelmechtel mit Maria. Gut, zugegeben, vielleicht hatte ich mich in diesem Fall getäuscht. Anfangs schien es so offensichtlich zu sein, dass da mehr zwischen den beiden war, aber nun aber war ich mir nicht mehr sicher. Was, wenn er mich gar nicht betrogen hatte? Wenn er mich tatsächlich geliebt hatte und zwischen ihm und Maria überhaupt nichts war? Hätte er nur mit mir darüber gesprochen. Dann hätte ich doch niemals meine kleine, schlimme Phantasie so genährt!

Die Polizisten hatten sich inzwischen ihren Weg an mir vorbei gebahnt. Der eine warf einen Blick in meine Küche.

„Oh", sagte er, „Sie haben alles so schön mediterran eingerichtet". Offensichtlich wollte er mich mit Smalltalk einlullen. Das konnte er haben!

„Ja, ja. Ich fahre gern nach Spanien im Urlaub. Da habe ich mir auch einmal diesen Tonkrug gekauft."

„Ein schönes Stück!", lobte der jüngere, der Gloss hieß. „Und so viele Gewürze und Öle haben Sie!", fügte er bewundernd hinzu. „Aber gar keine Oliven? Die gehören doch in eine mediterrane Küche wie der Senf an die Bratwurst."

Ich lachte entspannt.

„Ach, wissen Sie, ich mag die spanische Küche, aber ich hasse Oliven. Ich kriege das Zeug nicht herunter."

„Das kann ich verstehen. Ich finde auch, dass Oliven einfach nur ranzig schmecken. Aber lassen Sie uns bitte einen Moment hinsetzen. Wir möchten gern, dass Sie sich ein paar Bilder anschauen."

Ich führte die beiden in das Wohnzimmer und bot ihnen einen Platz auf den beiden Sesseln an. Ich selbst ließ mich auf der Couch nieder. Der dunkelhaarige Polizist mit dem Namen Menk nahm einen braunen Umschlag aus seiner Aktentasche. Er zog einige Bilder in DinA4 Format heraus und ordnete sie auf meinem Stubentisch an. Ich warf einen neugierigen Blick auf die Bilder und erkannte, dass es sich um Aufnahmen an unserem Esstisch im Urlaub handelte. Ich musste schlucken, als ich Tony sah, der noch lebendig und munter seinen Wein trank. Offensichtlich hatte man uns kurz vor dem Abendbrot am Tisch aufgenommen. Ich erinnerte mich, dass eine junge Fotografin, vermutlich eine Angestellte des Hotels, herumging und Fotografien von den Gästen schoss, in der Hoffnung, dass sie die viel zu teuren Aufnahmen später gut an die Gäste verkaufen konnte. Irgendwann war Maria auf sie zugegangen und hatte sie gebeten, ein Foto von unserem Tisch zu schießen. Ich hatte vermutet, dass sie ein Erinnerungsfoto von Tony haben wollte. Auf dem ersten Foto, dass ich in die Hand nahm, saß links neben Tony ein älterer Herr, an dessen Namen ich mich nicht erinnern konnte. Auf der anderen Seite saß ich ebenfalls mit einem Glas Wein.

Ich nahm eine weitere Fotografie. Wieder unser Esstisch. Dieses Mal hatte die Fotografin abgedrückt, als wir alle unser Essen auf den Tellern hatten. Nun saß der ältere Herr neben mir und Tony rechts von mir. Uups! Offensichtlich hatte die Fotografin uns einmal vor und einmal nach dem Plätzetausch erwischt. Hoffentlich hatte die Polizei das übersehen!

„Fällt Ihnen hier etwas auf, Frau Döhrer?", fragte mich Menk.

„Nein", antwortete ich. „Wir sind ganz normal beim Essen. Was soll da auffallend sein?" Ich war stolz, wie cool ich das hervorgebracht hatte.

„Sehen Sie doch einmal genauer hin. Mir fällt zum Beispiel auf, dass Sie Ihre Plätze getauscht haben. Sie sitzen plötzlich links von Ihrem Mann. Vorhin haben Sie noch rechts gesessen."

Diese blöde Fotografin. Warum hatte sie uns nur vor und nach dem Platztausch fotografiert? Das war Marias Schuld, die unbedingt noch ein weiteres Foto von unserem Tisch haben wollte. Schlimmer konnte es nicht kommen. Auf dem Foto sah man überdeutlich unsere vollkommen identischen Portionen auf dem Teller. Hoffentlich hatte der Kommissar das nicht auch gemerkt. Er machte meine Hoffnung sofort zunichte.

„Und hier stelle ich fest, dass Sie genau die gleichen Portionen auf Ihrem Teller haben, wie ihr verstorbener Mann. Sehen Sie einmal, genau die gleiche Anzahl Gambas. Die gleiche Größe bei den Brokkoliröschen. Zwei Scheiben Brot. Alles gleich. Sogar die Oliven. 14 Stück. Ich habe sie nachgezählt. Und das, obwohl Sie Oliven hassen. Frau Döhrer, ich kann hier nicht mehr an einen Zufall glauben. Ich glaube, dass Sie Ihren Teller absichtlich dem Ihres Mannes angepasst haben und dass Sie Ihren Teller mit den Erdnüssen präpariert haben. Ich nehme Sie fest wegen des Verdachts des vorsätzlichen Mordes an Ihrem Ehemann Tony Döhrer. Bitte folgen Sie uns zu unserem Auto."

„Nein!", schrie ich. „Das ist ein Zufall. Warum glauben Sie mir nicht? Ich kann nichts dafür. Sie ist schuld. Sie hat mich aufgehetzt. Lesen Sie. Es steht alles in meinem Tagebuch. Ich bin unschuldig!" Damit warf ich Menk das Tagebuch in den Schoß. Kopfschüttelnd griff er danach, blätterte eine Weile, dann zog er seine Handschellen hervor und führte mich zu seinem Auto.

Liebes Tagebuch

Ich muss mich erst an deine leeren Seiten gewöhnen. Das alte Buch hat man als Beweisvorlage behalten. Mein Anwalt sagt, es sieht schlecht aus für mich. Ohne diese Fotos hätten sie mich nie drangekriegt.

Und ich vermisse Tony so sehr. Wir waren so glücklich. Wie konnte ich nur auf die Idee kommen, dass er mich betrügt? Ich war wie verblendet. Könnte ich nur alles ungeschehen machen!

In der gleichen Stadt, einige Straßen weiter, saß eine junge Studentin an ihrem Schreibtisch. Sie las zufrieden den letzten Abschnitt ihrer Masterarbeit in Psychologie, den sie gerade verfasst hatte. Es ging darin, grob gesagt, um die Manipulierbarkeit. Genauer gesagt, hatte sich Maria während ihres Psychologie-Studiums intensiv mit den verschiedenen Möglichkeiten der Beeinflussung anderer Menschen auseinandergesetzt. Auch die gezielte Lenkung der Aufmerksamkeit des Gegenübers spielte mit hinein.

Ein grausames Lächeln spielte um ihre Mundwinkel.

Als Tony sie vor einigen Jahren verlassen hatte, war sie am Boden zerstört gewesen. Er war ihr Lebensinhalt gewesen und sie hatte schon gehofft, dass er ihr einen Heiratsantrag machen würde. Andeutungen hatte er immer hier und dort fallen lassen. Sie waren ein ideales Paar und Maria war sehr glücklich mit ihm. Dann hatte er sie von heute auf Morgen wegen seiner neuen Flamme Jeanette verlassen. Der Sturz aus dem siebenten Himmel war brutal für sie gewesen und mit der plötzlichen Einsamkeit kam sie überhaupt nicht klar. Als er dann Jeanette geheiratet hatte, musste sie ihren Schmerz in Alkohol und Drogen ertränken.

Der tiefe Schmerz wich allmählich einer immensen Wut auf Tony, und sie war auf die Idee gekommen, Psychologie zu studieren. Sie wusste, dass sie sich mit ihrem Kummer auseinandersetzen musste. Das Studium hatte sie gerettet, denn sie hatte entdeckt, dass das Wissen um die menschlichen Abgründe und Schwächen ihr Macht verlieh.

Und als sie nun zufällig Tony wiedersah, explodierten die alten Gefühle für ihn wie eine Bombe in ihrem Inneren. Aber sie war klüger geworden. Maria lächelte, als sie sich an ihre erste Wiederbegegnung in der Hotelbar erinnerte.
Sie hatte gleich gemerkt, dass Tonys Ehefrau Jeanette vor unbegründeter Eifersucht platzte. Umso mehr hatte es ihr Spaß gemacht, diese Eifersucht zu schüren. Erst hatte Maria versucht ihn zu verführen, um seine Ehe zu ruinieren, aber er hatte überhaupt nicht auf ihre Avancen reagiert. Dieser Trottel von Tony war treu wie Gold, aber die Ehefrau hatte nur auf sie, auf Maria, gestarrt, hatte sie beobachtet, wie sie flirtete und ihn berührte. Dass er auf ihre Verführungsabsichten nicht einging, das bekam die Frau gar nicht mit, grinste Maria. Jeanette hatte nur gesehen, was Maria sie

sehen lassen wollte und die Realität nicht mehr wahrgenommen. So etwas nennt man Unaufmerksamkeitsblindheit, und genau das war das Thema von Marias Masterarbeit.

Maria hatte mit Jeanettes Gefühlen gespielt, wie auf einem Musikinstrument. Hatte Tony mal hier und mal da zufällig berührt, ihm etwas zuflüstert und bedeutungsvolle Blicke zugeworfen. Und mit Befriedigung hatte sie festgestellt, dass Jeanette sich in diese Inszenierung hineinsteigerte bis sie das Gefühl hatte, dass Tony ihr entglitt.

Als sie Jeanette und Tony mit identischen Tellern vom Büfett zurückkommen sah und Jeanette sich an Tonys Teller setzte und ihn somit manipuliert hatte, sich vor ihren Teller zu platzieren, hatte Maria gewusst, dass ihr Plan aufging. Sie hatte schnell noch die Fotografin gebeten, ein Foto von ihrem Tisch zu machen, denn sie wusste, in ein paar Minuten würde es einen ganz schönen Tumult geben am Tisch.

Was für eine perfekte Rache an Tony, dachte Maria amüsiert, dass ausgerechnet sein liebevolles, kleines Frauchen sein Todesengel geworden war.

Den frühen Taucher fängt der Tod

Unten im Süden von Gran Canaria liegt ein Fleckchen, das sich seit mehr als 20 Jahren wachsender Beliebtheit erfreut. Mogan Puerto war früher ein kleiner, verschlafener Fischerort. Am Strand lagen umgedrehte Ruderboote, in deren Schatten die Fischer nach getaner Arbeit dösten oder ihre Netze flickten, während kleine Kinder Muscheln und Steinchen ins Wasser warfen. Heute sieht man diese rot-weiß-blau lackierten Boote nicht mehr sehr häufig. Statt dessen gibt es einen modernen Yachthafen, um den sich Cafés, Hotels, Appartements und Touristenläden gruppieren. An den Stegen liegen imposante blitzblank geputzte Segel- und Motoryachten mit ordentlich zu Schnecken aufgerollten Tauen auf dem Vordeck. Ihre mächtigen Alu-Masten ragen weit in den kanarischen Himmel und die Messing-Beschläge wirken stets wie frisch poliert. Hin und wieder entdeckt man aber auch Weltenbummler und Abenteurer, die mit mehr oder weniger seetauglichen Schiffen auf eine günstige Zeit warten, um mit dem Nord-Ost Passatwind über den großen Teich in die

Karibik zu wehen. Einige von ihnen sind erst vor kurzem eingetroffen, andere liegen schon seit mehreren Jahren mit ihrem Segelboot im Hafen, entweder, weil sie den Absprung verpasst haben, oder weil sie sich mit diversen Jobs noch etwas Geld verdienen wollen, vielleicht auch, weil sie ihren Anker dauerhaft auf Gran Canaria versenkt hatten. Zu ihnen gehörte Jonno. Er war vor vier Jahren mit seiner Slup „Panina" nach einer stürmischen Überfahrt vom spanischen Festland eingetroffen. Schon als er in die Hafenmündung einlief und die kleinen maurischen blau-weißen Gebäude an der Hafenkante sah, hatte er sich in die Insel verliebt und wusste, dass er so schnell nicht weiterreisen würde. Die Hafengebühr war durchaus zu bewältigen, so dass er beschloss, den Winter im Hafen von Mogan Puerto zu verbringen. Seine beiden Mitsegler, die er über eine Annonce in einer Segelzeitschrift gefunden hatte, suchten sich eine andere Yacht für die Passage in die Karibik, und Jonno überwinterte in Mogan und blieb das folgende Jahr und das darauf auch noch und wohnte auf seinem Schiff. Er verdiente sich sein Geld mit Tauchgängen für andere Segler, bei denen er kleine Reparaturen an den Schiffen unter Wasser ausführte, diverse Schiffsschrauben von Plastiknetzen und Mülltüten befreite oder auch verlorene Gegenstände aus dem Hafenbecken hervorholte. Inzwischen hatte er das Interesse an der Karibik verloren und war zu einer Dauerinstitution des Hafens geworden.

Am Morgen des 23. September hatte er zunächst wie üblich einen Cafe con leche in seinem Lieblingscafé eingenommen und war dann mit seinem Ruderboot zum Ankerplatz der „Regina Maris" gefahren, einem eleganten Motorboot aus Großbritannien, das seit dem frühen Morgen in der Bucht von Mogan ankerte. Der Eigner hatte Jonno engagiert, um unter Wasser die Schiffsschraube zu überprüfen, die wohl plötzlich etwas schwergängig war. Wahrscheinlich hatte sich etwas Müll in der Schraube verfangen.

Einerseits hasste Jonno die zunehmende Meeresverschmutzung, andererseits sicherte sie ihm immer wieder Gelegenheitsjobs wie diesen. Jonno legte das Atemgerät und die Tauchmaske an, setzte sich auf die Bordwand seines Ruderbootes und ließ sich rücklings ins Wasser gleiten. Das Wasser schloss sich über seinem Körper und er sank in die Tiefe. Nach einigen Metern drehte er sich in die Waagerechte und paddelte auf den dunklen Schiffsrumpf zu. Die Sicht betrug ca. 10 Meter. Er näherte sich der Bordwand und tastete sich in Richtung Heck, als er sie plötzlich sah. Durch die Taucherbrille starrten ihn tote, weit aufgerissene und durch das geschliffene Glas der Maske grotesk vergrößerte Augen an. Die gestreckten Beine mit den Flossen pendelten in der Strömung hin und her. Die langen Haare hatten sich in der Schiffsschraube verfangen, so dass sie nun wie eine Marionette unter dem Rumpf hing. Entsetzt tauchte Jonno nach oben, riss sich die Maske vom Gesicht und übergab sich direkt in das Wasser neben ihm.

* * *

In der Scuba-Dive Tauchschule „Dive Now", die einige Kilometer vor Mogan lag, raufte sich Harry Herkenroth die Haare. Vor ihm auf seinem Schreibtisch lag eine Mahnung des Tauchausrüsters Jabba-Divie-Shop über Sauerstoff-Flaschen und Mundstücke. Der Betrag von 1.750 Euro überschritt die monatliche Zuwendung seiner Ehefrau Marga, mit der sie sein, wie sie es nannte „kleines Hobby" unterstützte, damit er nicht zu viel soff. Natürlich warf ihr Job als Rechtsanwältin in Las Palmas wesentlich mehr ab, dachte Harry bitter. Die Tauchschule lief zwar nicht schlecht, aber die Ausgaben fraßen die Einnahmen auf und immer öfter musste Harry seine Frau demütig um die Begleichung seiner Rechnungen bitten. Auch dieses Mal würde sie mit einem verächtlichen Lächeln auf den Lippen ihren teuren Kugelschreiber zücken und ihre unleserliche Unterschrift, die aussah, wie ein umgedrehter Kleiderbügel, auf das Überweisungsformular setzen. Und er müsste dann abends besonders liebevoll mit ihr vögeln, obwohl er es am liebsten so richtig ruppig hatte. So wie mit Laureen, seiner schlechtesten Tauchschülerin. Aber man musste ja nicht alles können. Er grinste in Erinnerung daran, wie er ihr in seinem Schlafraum, den er oft während einer Kurswoche nutzte, um nicht nach dem abendlichen Tauchen noch den weiten Weg nach Las Palmas zu fahren, in einer Nachhilfe-Trockenübung gezeigt hatte wie man das Atemgerät in den Mund nehmen und daran saugen musste. Nur dass diese Übung nicht sehr trocken ausgefallen war. So liebte er es. Große Zärtlichkeiten und lange Vorspiele waren einfach nicht sein Ding! Er fand es besser, wenn es gleich zur Sache ging. Auch Laureen stand darauf. Das hatte sie ihm immer wieder gesagt und bewiesen. Schon in ihrem letzten Urlaub im Frühjahr hatte sie einen Tauchkurs bei „Dive Now" gebucht und ihn vom ersten Moment an mit ihrer geradezu äffischen Zuneigung verfolgt. Anfangs war ihm das sehr recht gewesen.

Laureen war attraktiv und nicht allzu intelligent, so wie er es liebte, und so hatte die Affäre zwischen ihnen begonnen. Allerdings fing sie jetzt an, es mit ihrer Anhänglichkeit zu übertreiben. Gestern hatte sie ihm sogar zugeflüstert, dass sie es schön fände, wenn er seine Frau verließe. Dann hatte sie begonnen, überall kleine Liebesbotschaften für ihn zu hinterlassen.

Und als er neulich in seinem Büro gesessen hatte, um die Buchhaltung abzuschließen, war sie einfach hereingekommen und hatte sich auf seinen Schoß gesetzt. Gott sei Dank hatten die anderen Tauchschüler die Tauchbasis schon verlassen. Aber er konnte nicht riskieren, dass seine Frau von seinem kleinen Abenteuer erfuhr. Sie würde sofort den Geldhahn zudrehen. Und als Rechtsanwältin saß sie einfach am längeren Hebel. Sie würde ihm die Daumenschrauben anlegen und langsam zuziehen.

* * *

An der Hafenmole kurz vor dem Leuchtturm standen mehrere Polizeiwagen mit Blaulicht. Kommissarin Emilia Gomez sprach soeben in ihr Funkgerät und klopfte einige vereinzelte Krümel von ihrer Bluse. Der Funk-Anruf des Motorbootes „Regina Maris" hatte sie mitten im zweiten Frühstück erwischt. Zunächst hatte sie überhaupt nicht verstanden, worum es ging. Der Schiffseigner sprach schnell und aufgeregt in gebrochenem Spanisch. Doch dann war sie aufgesprungen. Eine Leiche hing in der Schiffsschraube des Motorbootes fest! Sie verständigte sofort den Amtsarzt, der sie begleiten sollte, und wies ihn an, eine Schere und anderes Schneidewerkzeug mitzubringen. Emilia schaute auf. Neben ihr auf der Mole stand der junge Taucher, der die Wasserleiche gefunden hatte. Wahrscheinlich war ihm in der Sonne warm geworden, denn er hatte den Reißverschluss seines Tauchanzuges geöffnet und das Oberteil heruntergeklappt, so dass die leeren Ärmel um seine Beine baumelten. Die Mittagssonne trocknete das Meereswasser von seiner gebräunten Brust und hinterließ einen feinen Salzfilm auf seiner Haut.

Emilia blickte ihn prüfend an. Da gerade kein Amtstaucher verfügbar war, hatte man ihn gebeten, die Haare der jungen Frau so abzuschneiden, dass er sie aus der Schraube befreien konnte. Offensichtlich war ihm dieser Job sehr nahe gegangen, denn sein Gesicht war kalkig weiß.

Inzwischen war die Tote geborgen. Sie lag in eine Decke gewickelt vorne an der Mole und wartete darauf, dass man sie in das Pathologische Institut in der Universität von Las Palmas brachte. Der Amtsarzt hatte sie untersucht und festgestellt, dass sie mindestens seit 12 Stunden tot war. Eventuell auch etwas länger. Also musste sie gestern im Laufe des Abends zum Tauchen aufgebrochen sein, überlegte Emilia. Äußerlich hatte sie keine offensichtliche Todesursache feststellen können. Aber man musste sie erst einmal von ihrem Taucheranzug befreien. Und so ganz freiwillig war sie bestimmt nicht in die Schraube geraten. Irgendetwas hatte sie getötet und Emilia wollte wissen, was es gewesen war.

„Geht es denn wieder?", sprach sie den jungen Mann an, der noch immer wie ein armseliger Tropf auf Flossen neben ihr stand.

„Ich habe so etwas noch nie gesehen", antwortete er, „die arme Frau. Was für eine Ende. Es muss so weh getan haben, als die Haare sich um die Schraube gewickelt haben!"

„Ich glaube, zu dem Zeitpunkt war sie schon nicht mehr am Leben", meinte Emilia sanft. „Sie hat das bestimmt nicht mehr gespürt. Kennen Sie die Frau? Ich meine, Sie sind ja auch ein Taucher. Kennt man sich nicht in der Szene?"

„Nein. Ich bin aber auch nicht so in der hiesigen Tauchszene zu Hause. Ich meine, ich tauche, um mir etwas Geld zu verdienen. Ich habe aber nichts mit den Hobby-Tauchern der Umgebung zu tun."

„Können Sie sich die Frau bitte trotzdem einmal anschauen? Vielleicht fällt Ihnen als Taucher etwas auf, was ich übersehen habe."

Jonno kam dieser Bitte ungern nach, aber trotzdem ging er auf das Deckenbündel zu. Er hockte sich neben die sterblichen Überreste der jungen Taucherin und hob die Decke.

„Ich kann so nichts erkennen", wandte er sich an Emilia. „Aber vielleicht fragen Sie mal in der Tauchschule „Dive now", die hier in Mogan sitzt. Der Tauchanzug gehört jedenfalls zu der Schule."

Strahlend blickte Emilia ihn an. Das war doch immerhin ein Anfang!

* * *

Harry Herkenroth war gerade dabei, seine Tauchschüler mit den Sauerstoff Flaschen vertraut zu machen. Sie standen um ihn herum wie Kinder um einen Tannenbaum. Einer von ihnen hielt sich das Mundstück ans Gesicht, tat so, als müsse er laut und schwer atmen und raunte „ich bin dein Vaaaater". Harry rollte mit den Augen. Er konnte seine letzte frische Unterhose darauf verwetten, dass in jedem Kurs mindestens einer der Teilnehmer den Spaßvogel spielte und diese schlappe Parodie auf Darth Vader von Star Wars brachte. Er lachte angestrengt. Manchmal ging ihm seine Arbeit als Tauchlehrer unheimlich auf die Nerven.

„Ihr taucht nie allein!", mahnte er die Gruppe. „Jeder von euch hat einen Buddy, mit dem er gemeinsam taucht. Die Buddys behalten sich im Blick und achten gegenseitig darauf, dass keiner ein Risiko eingeht und ihr seid als Buddy auch verantwortlich, Hilfe zu holen, wenn es technische Probleme gibt."

„Kannst du mein Buddy sein?" Das kam von Silvia, die mit 54 Jahren die älteste Teilnehmerin der Gruppe war. Er guckte sie lustlos an. Der Tauchanzug spannte sich unattraktiv um ihre Mitte. Man konnte gar nicht sagen, ob der Busen besonders tief hing oder das Bauchfett besonders hoch saß. Die XXL Größe war jedenfalls auf die Mitte konzentriert. Er mochte sich gar nicht vorstellen, wie das aussah, wenn nicht gerade der Taucheranzug dieses Desaster komprimierte.

„Wir wollen mal sehen", antwortete er. Normalerweise war er bisher der Buddy von Laureen gewesen, weil er sie auch sehr gern von hinten ansah, aber heute war Laureen nicht zum Theorie-Unterricht erschienen. Gerade schraubte er den Druckanzeiger auf die Flasche, als die Tür aufging und Kommissarin Emilia Gomez mit einem weiteren Polizisten eintrat.

„Guten Tag", begrüßte sie die Gruppe.

„Was kann ich für Sie tun", fragte Harry. „Wir sind gerade mitten im Unterricht."

„Das trifft sich ja hervorragend, dass ich gleich Ihre Tauchschüler mit antreffe. Es geht um eine junge Taucherin, die heute Morgen tot im Hafenbecken von Mogan aufgefunden wurde. Vielleicht können Sie uns hier weiterhelfen. Kennen Sie die Dame?"

Damit zog sie ein paar DinA5 große, farbige Abzüge aus ihrer Umhängetasche und fächerte diese auf dem kleinen Beistelltisch auf. Harry bahnte sich einen Weg durch die aufgeregt durcheinander redende Gruppe und warf einen Blick auf die Fotos direkt in das Gesicht von Laureen. Und auch die übrigen Teilnehmer scharten sich um den Tisch und starrten auf die Bilder. Silvia sog die Luft ein. „Das ist Laureen! Sie gehört zu unserer Tauchgruppe!"

Emilia schaute Harry an. „Stimmt das?"

„Ja. Sie hat den Wochentauchkurs belegt. Heute Morgen ist sie nicht zum Unterricht erschienen. Wir haben uns schon gefragt, wo sie steckt."

„Wann haben Sie sie denn das letzte Mal gesehen!"

„Gestern Nachmittag haben wir hier im Trainingsbecken Atemübungen unter Wasser gemacht. Das Becken ist gut fünf Meter tief und es passen immer drei Schüler und ich hinein. Laureen war mit Silvia und Thiemo in der Trainingseinheit. Wir haben zwei Stunden lang mit dem Atemgerät trainiert. Es ist immer wichtig, dass man sich an das Atmen unter Wasser gewöhnt, bevor es dann richtig auf den Meeresboden hinunter geht. Sonst kriegen viele Panik. Nachdem wir fertig waren und die Tauchanzüge verstaut waren, haben wir alle noch ein Bier im Bierkaiser am Hafen getrunken. Da war Laureen auch mit dabei, hat uns aber schon nach einer Stunde verlassen."

„Haben Sie eine Ahnung, wie sie zwischen gestern Abend und heute Morgen in einem Tauchanzug Ihrer Tauchschule in das Hafenbecken geraten ist? Ich meine, wie kam sie an das komplette Tauchgerät? Steht die Tür hier immer offen, so dass man sich jederzeit bei den Tauchanzügen und Druckluftflaschen bedienen kann? Und warum tauchte sie noch alleine? Ist das so üblich?"

„Nein, Herr Herkenroth hat uns gerade zum x-ten Mal erzählt, dass wir nur mit einem Buddy tauchen dürfen," warf Silvia oberschlau ein. „Das muss Laureen auch gewusst haben!"

„Ich weiß wirklich nicht, wie sie an die Tauchausrüstung gekommen ist. Die Tür habe ich abgeschlossen, als wir uns auf den Weg in den Bierkaiser gemacht haben," ergänzte Harry.

„Aber ich habe gesehen, wie du den Schlüssel vorne an den Haken hinter der Tür gehängt hast. Vielleicht hat Laureen das auch gesehen und ist noch einmal wiedergekommen, um alleine zu tauchen", wieder war es Silvia, die sich einmischte. „Ich meine, wenn sie das gemacht hat, dann hat sie es nicht besser verdient, Harry, nachdem du immer betont hast, wie gefährlich es ist, alleine zu tauchen. Und dann auch noch nachts!"

„Herr Herkenroth, was haben Sie gestern Abend gemacht, nachdem Sie die Bar verlassen haben?"

„Er saß den ganzen Abend in der Bar", rief Silvia. Ich hatte gestern Abend später noch einen Spaziergang am Strand gemacht und da habe ich gesehen, dass Harry immer noch im

Bierkaiser saß". Sie zwinkerte Harry zu. Harry schaute sie böse an. Was quatschte Silvia da?

* * *

Jonno saß wieder einmal in seinem Lieblingscafé. Er hatte ein großes Glas Wasser und einen Espresso vor sich stehen. Dazu hatte er sich einen Cognac bestellt. Doch das Bild, das sich seit gestern wie ein Ölteppich in seinem Kopf ausgebreitet hatte, wollte ihn nicht verlassen. Immer und immer wieder erlebte er den Moment, in dem er in das weiße, entsetzte Gesicht der Taucherin geschaut hatte. Wieder trank er einen Schluck Cognac. Doch die Gedankenschleife ließ ihn nicht los. Aber es war nicht nur das Bild der toten Frau, das ihn so beschäftigte, sondern er machte sich auch Gedanken über sein eigenes Leben. Wie schnell konnte alles vorbei sein. Das war ihm wieder einmal klar vor Augen geführt worden. Das Meer schonte einen nicht. Würde auch er eines Tages in das kalte, dunkle Wasser steigen und einfach unten bleiben? Düster rührte er in seinem Espresso. Hatte er eigentlich schon Zucker hinzugefügt? Gedankenverloren streute er zwei weitere Löffel zu den sechs Löffeln Zucker, die er auch schon genommen hatte. Er schaute auf, als ein Schatten den Tisch verdunkelte.
„Hallo Jonno", begrüßte Emilia Gomez ihn. „Erinnern Sie sich an mich? Sie haben mir gestern geholfen, etwas aus dem Wasser zu holen."

Jonno schnaubte. „Danke, dass Sie mich daran erinnern. Ich kann keine Sekunde davon vergessen. Was ist denn los?"
„Sehen Sie, wir wissen jetzt, wer die junge Frau gewesen ist. Sie besuchte hier in Mogan eine Tauchschule und ist offenbar vorgestern aus irgendeinem Grunde noch alleine tauchen gewesen. Ich rechne damit, dass ich mehr Informationen bekomme, wenn sie obduziert worden ist, aber mich interessiert jetzt vorab schon mal Ihre Meinung als Taucher. Ich wollte Sie bitten, dass sie sich einmal das Tauchgerät von ihr ansehen, ob Ihnen etwas auffällt. Würden Sie mich nach Las Palmas in die Pathologie begleiten? Dort hat man die komplette Ausrüstung hinterlegt."
Sie warf einen Blick auf die Getränke, die auf dem Tisch standen und legte ein paar Münzen auf den Tisch.
„Das dürfte reichen", sagte sie. Dann führte sie Jonno zu ihrem Wagen.

Das Pathologische Institut der Universität in Las Palmas lag hinter einer verschlossenen Tür im Keller des verwinkelten Gebäudes. Dunkler und verschlissener Linoleumbelag zeigte an, dass man hier nicht mehr sehr viel Wert auf eine freundliche und heitere Atmosphäre legte. Die Patienten, die hier eingeliefert wurden, bekamen sowieso nichts mehr davon mit. Die Luft roch schwer nach Antiseptika. Emilia und Jonno wurden in einen fensterlosen Raum geführt, in dem an einem Haken der schwarz-gelbe Neoprenanzug hing, den man der Leiche vom Körper geschnitten hatte. Daneben stapelte sich auf einer Holzbank das restliche Gerät, also die Druckluftflasche mit dem Mundstück, der Bleigurt sowie die Maske.

Jonnos Hände zitterten ein wenig, als er die Gegenstände begutachtete. Als er die Sauerstoff-Flasche untersuchte, pfiff er plötzlich durch die Zähne.

„Da kann etwas nicht stimmen. Der Druckanzeiger steht auf 100%", rätselte er.

„Was ist denn daran ein Problem? Ist doch gut." Emilia verstand nicht.

„Na ja, wenn sie getaucht ist, hat sie auch Luft verbraucht. Wenn sie nicht gerade nach dem ersten Atemzug gestorben ist, aus welchem Grund auch immer, müsste das Gerät eigentlich anzeigen, welche Menge Sauerstoff verbraucht worden ist. Es kann nicht bei 100% stehen. Das hieße, dass sie überhaupt nicht geatmet hat unter Wasser."

„Wenn ich Sie richtig verstehe, bedeutet das, dass der Druckanzeiger nicht richtig funktioniert, oder? Wie kann so etwas passieren?"

„Eigentlich kann so etwas nicht vorkommen. Die Druckanzeiger sind das Wichtigste an der Sauerstoff-Flasche. Neben der Luft natürlich. Jeder Taucher wartet seine Flasche regelmäßig und achtet auf den Anzeiger." Jonno drehte die Sauerstoff-Flasche mit dem Druckanzeiger hin und her.

„Komisch, hier an der Schraube sehe ich unheimlich viel Kratzer. Als hätte jemand versucht, das Display zu öffnen. Und die Schraube ist auch etwas abgeschabt. Ich will ja keinen Verdacht äußern, aber für mich sieht das so aus, als hätte jemand versucht, den Druckanzeiger zu manipulieren. Vielleicht sind gar keine 100% Druck mehr darin.

„Wie kann man das denn feststellen?", fragte Emilia.

„Man kann einen intakten Druckanzeiger auf diese Flasche aufschrauben. Der würde dann den richtigen aktuellen Druck anzeigen. Auf meinem Schiff habe ich mehrere Sauerstoff-Flaschen, da ich öfters mal bei meinen Tauchjobs zwischendurch eine leere gegen eine volle Flasche tauschen muss. Aber das ist in Mogan. Das würde eine Stunde dauern, bis wir die Flasche haben. Kann man nicht hier in Las Palmas irgendwo eine Flasche auftreiben? Hier gibt es doch auch Tauchgeschäfte."

„Warten Sie", sagte Emilia entschlossen und zückte ihr Handy. Dann gab sie einem Kollegen auf der Revierwache den Auftrag, so schnell wie möglich eine Ersatzflasche aufzutreiben und in die Pathologie zu bringen. Sie nannte ihm die Details, die auf der Flasche standen.

„So", sagte sie. „Jetzt heißt es warten. Lassen Sie uns einen Kaffee in der Kantine trinken!"

* * *

Harry Herkenroth hatte seine Schäfchen wieder um sich versammelt. Er übte mit ihnen die Unterwasser Zeichensprache.

„Wenn ihr unter Wasser seid", begann er „könnt ihr euch nur durch Blicke und durch Zeichen verständigen. Daher ist es sinnvoll, sich vorher auf die wichtigsten Aussagen zu einigen. Dies hier bedeutet zum Beispiel ‚ich habe gleich keine Luft mehr'", und er machte ein universelles Zeichen mit seiner rechten Hand am Hals. Alle kicherten und wiederholten die Handbewegung in etlichen Variationen und taten so, als würden sie gleich ersticken.

„Das hier bedeutet ‚ich sehe etwas Interessantes'." Zeige- und Mittelfinger hatte er zu einem „V" auseinander gebogen und führte die Finger zu den Augen.

„Und was bedeutet das hier?", fragte Silvia keck und machte mit ihrer Hand eine eindeutig sexuelle Geste. Harry starrte sie an. Er wusste nicht, wie er darauf reagieren sollte. Wollte Silvia ihn anmachen? Hoffentlich nicht.

„Das bedeutet ‚Halt die Klappe'," antwortete er ihr. Silvia machte ein beleidigtes Gesicht.

Harry stellte noch einige Handzeichen vor, die er aus dem Handbuch der internationalen Tauchsprache herausgesucht hatte. Dann machten sie eine Pause. Die meisten Teilnehmer eilten sofort zu dem kleinen Ecktisch, auf dem immer eine Kanne mit frischem Kaffee stand. Harry ordnete einige Papiere, als Silvia auf ihn zutrat. Sie trat so dicht an ihn heran, dass sie ihn beinahe berührte. Harry konnte genau die großen Poren auf ihrer Haut erkennen. Unangenehm berührt wollte er sich soeben abwenden, als Silvia ihn mit überraschend festen Fingern in den Arm griff.

„Ich würde an deiner Stelle lieber nett zu mir sein", zischte sie. „Ich habe da so einige Zettelchen gefunden. Vor allem eines mit einer Verabredung zum Tauchen vorgestern Abend. Unterzeichnet mit ‚Laureenie'. Kommt dir das bekannt vor?"
„Ich habe keine Ahnung, wovon du redest und was du von mir willst. Lass mich bloß in Ruhe. Sonst kannst du alleine tauchen lernen."
„Nun ja, ich meine ja nur. Und in Wirklichkeit warst du auch gar nicht so lange im Bierkaiser. Das habe ich der Kommissarin nur erzählt, um dich zu decken. Die will dich doch in die Pfanne hauen. Aber etwas stimmte an dem, was ich ihr erzählt habe. Ich war tatsächlich abends spät noch spazieren. Und weißt du, was ich da gesehen habe?" Mutig geworden streichelte Silvia nun Harrys Brust. Die anderen Teilnehmer waren vollkommen in ihren Kaffee vertieft. Silvias Hand rutschte noch etwas tiefer. „Stell dir vor, ich bin dir gefolgt, als du vom Bierkaiser zurück in die Tauchbasis gegangen bist. Und dann habe ich Licht im Geräteraum gesehen. Durch das Fenster habe ich dich beobachtet, wie du an einer Sauerstoff-Flasche hantiert hast. Ich habe gewartet, dass du noch mal herauskommst, aber dann kam Laureen. Und später bin ich euch zum Strand gefolgt.
Das würde die Kommissarin bestimmt interessieren. Zwei einsame Gestalten am Strand. Eine davon Laureen, die jetzt tot ist. Die andere war mein zukünftiger Liebhaber und vielleicht irgendwann auch mal mein zukünftiger Ehemann.

Und für ihn tue ich natürlich alles. Ich weiß, dass du Laureen loswerden musstest. Sie stand unserem Glück im Wege.
Du bist nach zehn Minuten wieder alleine aus dem Wasser gekommen. Das habe ich genau gesehen. Aber ich werde nichts erzählen. Ich schütze dich. Jedenfalls solange du tust, was ich will." Sie leckte demonstrativ ihre wulstigen Lippen und warf ihm einen koketten Blick zu. Harry taumelte und musste sich mit der Hand an der Wand abstützen. Ihm war übel.

* * *

Mit Blaulicht und Sirene hatte man soeben eine Sauerstoff-Flasche in das Pathologische Institut gebracht. Jonno nahm dem Beamten die Flasche ab und lief mit Emilia in den Keller zurück.
„Nun bin ich aber mal gespannt", sagte Emilia.
Jonno schraubte bedächtig den Druckanzeiger von der neuen Flasche ab und tauschte ihn gegen den verkratzten Anzeiger der Flasche von Laureen aus. Dann wartete er einen Moment. Als er die Anzeige überprüfte, kniff er die Augen zusammen. Dann schaute er Emilia an:
„Damit konnte sie auch nicht mehr weit kommen. Wahrscheinlich haben wir hier schon die Ursache ihres Problems. Der Druck in der Flasche liegt bei 0 Bar.
„Wie hoch ist er denn normalerweise?", fragte Emilia.

„Also normal, wenn die Flasche voll ist, beträgt der Druck 200 Bar. Damit kann man je nach Lungenvolumen und je nachdem, wie tief man taucht, ungefähr 1 Stunde unter Wasser bleiben. Aber kein Mensch taucht hier so lange. Dazu ist das Wasser viel zu kalt."

„Aber es kann doch sein, dass sie gestorben ist und dann ist der Druck aus der Flasche langsam entwichen, bis wir sie dann gefunden haben, oder?"

„Nein, das kann nicht sein. Die Druckflasche hat ein sogenanntes Abforderungsventil. Nur wenn an dieser Membran Luft eingesogen wird, gibt die Sauerstoff-Flasche auch entsprechend Luft ab. Wenn keine Atmung mehr da ist, bleibt der Druck in der Flasche so wie er ist. Das heißt, ihr Problem war, dass keine Luft mehr in der Flasche war."

Jonno schauderte. Der Albtraum eines jeden Tauchers war für die junge Frau Realität geworden. Was musste es für ein Gefühl sein, wenn man im Vertrauen auf einen neuen Atemzug an dem Mundstück sog, aber keine Luft in die Lungen floss? Wenn sie dann in ihrer Panik schnell an die Wasseroberfläche geschwommen war, um Atem zu holen, hatte sie ihr eigenes Todesurteil unterschrieben. Tauchte man in so einem Fall zu schnell auf, konnten die Lungen platzen und das Blut fing an zu schäumen. Aber warum hatte sie nicht laufend den Druck am Gerät überprüft? Das machte er immer, wenn er unter Wasser war.

„Wie kommt es, dass die Flasche überraschend leer ist? Muss man das nicht vorher checken? Ich meine, ich gehe mal nicht

davon aus, dass Laureen Schönbach Selbstmord verübt hat," Emilia stellte sich diese Frage eher selbst, als dass sie an Jonno gerichtet war. Trotzdem antwortete er ihr:
„Jeder Taucher überprüft die Flasche, bevor er sie anlegt und taucht. Es gibt nur zwei Ausnahmen. Entweder jemand, dem sie sehr vertraut, hat ihr versichert, dass die Flasche voll ist. Oder der Druckanzeiger ist manipuliert worden und zeigte nicht den richtigen Druck an."
Emilia horchte auf.

* * *

In ihrem Hotelzimmer saß Silvia vor einem kleinen halbrunden Schreibtisch, auf dem eine grüne Lederunterlage lag. Sie hatte ihr Tagebuch geöffnet und sich gerade ein Glas Wein eingefüllt. Sie las noch einmal ihre letzten Einträge. Wie sie Harry kennen gelernt hatte, als er auf einem Liegestuhl vor der Tauchbasis eine Zigarette geraucht hatte. Er sah ihrem letzten Freund so ähnlich, das konnte kein Zufall sein. Wie sie sich dann in seiner Tauchschule angemeldet hatte, um ihm ganz nah zu sein. Dass sie im Tauchunterricht das Gefühl hatte, dass er ganz alleine zu ihr spräche. Es war ein Traum. Sie und Harry und die Tauchschule. Dann runzelte sie die Stirn. Sie las ihren nächsten Eintrag, der beschrieb, wie Laureen sich zwischen Harry und sie gedrängt hatte. Wie aufdringlich sie war und wie sie ihn mit ihren albernen Liebesbotschaften bedrängte, so dass der arme Harry nicht anders konnte als sie mit in seine kleine Schlafkammer zu nehmen. Immerhin war er nur ein Mann. Silvia hatte an der Tür gehorcht und war Zeugin geworden, wie das Luder Laureen den hilflosen Harry nach Strich und Faden verführte. Ekelhaft war das!

Silvia nahm ihren Schreiber und notierte gewissenhaft das heutige Datum. Dann entfaltete sie auf dem Papier die neuesten Entwicklungen. Die kleinen Notizen mit dem dümmlichen Sprüchen hatte sie an sich genommen, schrieb sie. So hatte sie das Gefühl, dass sie wenigstens ein Teil von Harrys Liebesleben war. Und heute hatte sich das ausgezahlt. Harry war ganz blass geworden, als sie ihm von ihren einbehaltenen Schätzen erzählt hatte. Selbstzufrieden schrieb Silvia die letzten Geschehnisse nieder, wie sie Harry mit ihrem Wissen konfrontiert hatte und mit welchen Beweisen sie ihn in der Hand hatte. Nun hatte sie alles aufgeschrieben. Zufrieden klappte Silvia das Tagebuch zu. Dass sie über den Mord an Laureen Bescheid wusste, war der Beginn einer wunderbaren Liebesbeziehung. Jedenfalls für sie. Denn dass er im Bett eine Wucht war, hatte sie ja zur Genüge durch die geschlossene Tür gehört. Sie freute sich schon darauf. Sie strich sich langsam über ihre gewaltige, hängende Brust und stöhnte ekstatisch. Dann packte sie eine kleine Tasche mit ihrem notwendigen Bedarf für die nächsten Tage.

Wenig später hielt Emilias Auto auf dem großen Parkplatz am Einkaufszentrum von Mogan. Die wenigen Schritte zur

Tauchschule „Dive now" ging sie zu Fuß. Der Anmeldebereich der Tauchschule war leer. Emilia nutzte die Gelegenheit, um sich umzusehen. Diverse farbige Poster, die unterschiedliche Unterwasser-Aufnahmen abbildeten, zierten die Wände. Sie waren mit Stecknadeln in der Tapete festgesteckt und zeigten immer irgendeinen Taucher, der sich gerade irgendeinen Fisch anguckte. Teilweise waren die Bilder eingerissen und schmuddelig. Alles machte einen etwas verwahrlosten und uninteressanten Eindruck. Auf einer Bank saß eine Schaufensterpuppe mit einer Tauchmaske, die offensichtlich unentschlossene Touristen animieren sollte, es mit diesem Hobby zu versuchen. Auf ihrem T-Shirt prangte der Spruch „Dive now!" Emilia gähnte.

„Kommissarin Gomez!", direkt hinter ihr war Harry Herkenroth aufgetaucht, der Emilia mit seiner lauten Begrüßung mitten im Gähnen so sehr erschreckt hatte, dass sie sich auf die Zunge biss. Tränen schossen ihr in die Augen.

„Na, Sie brauchen doch nicht gleich zu weinen", sagte Harry gönnerhaft. Emilia fand ihn unausstehlich. „Was kann ich heute für Sie tun?"

Als hätte er gestern oder vorgestern etwas für mich getan, dachte Emilia. Zu Harry gewandt sagte sie:

„Ich wollte Ihnen die neuesten Erkenntnisse im Fall Laureen Schönbach mitteilen. Ich gehe davon aus, dass Sie das interessiert. Oder etwa nicht?"

„Ich kannte die Frau kaum", log er. „Aber immerhin trug sie den Tauchanzug meiner Schule. Also bitte, tun Sie sich keinen Zwang an."

Emilia schluckte. So ein Widerling. Laut sagte sie:

„Es ist unzweideutig nachgewiesen worden, dass die Tauchausrüstung von Laureen Schönbach manipuliert worden ist. Durch das defekte Gerät ist sie unter Wasser zu Tode gekommen."

„Neeein", heuchelte Harry Überraschung. „Das gibt es doch nicht. Wie kann das sein?"

„Wir vermuten ganz stark, dass Sie der Urheber dieser Manipulation sind. Denn man braucht Spezialkenntnisse dafür und man muss natürlich jederzeit Zugang zu den Materialien haben. Beides trifft auf Sie zu!" Streng blickte Emilia Harry an.

„Iiich? Niemals!", beteuerte Harry seine Unschuld. „Ich wüsste nicht einmal, wie man die Druckluftanzeige dazu bringt, nichts mehr anzuzeigen. Ich bin eine technische Niete." Er lachte verständnisheischend.

„So? Ich habe niemals gesagt, dass es die Druckluftanzeige war. Interessant, dass Sie genau darauf gekommen sind. Wahrscheinlich, weil Sie doch derjenige waren, der sie aufgeschraubt und blockiert hat."

„Niemals! Ich habe das nur vermutet, weil es das naheliegendste ist, wenn man etwas sabotieren will. Ich kannte die Frau kaum. Warum hätte ich so etwas tun sollen! Nennen Sie mir einen Grund dafür."

Tja, dachte Emilia. Das war genau das Problem. Ein Motiv fehlte. Wenn man doch nur eine Verbindung zwischen Laureen Schönbach und Harry Herkenroth herstellen könnte. Vielleicht hatte sie ihn mit irgendetwas unter Druck gesetzt. Aber auch eine Befragung der anderen Tauchschüler hatte kein Belastungsmaterial geliefert. Es war wie verhext. Emilia konnte ihm nichts nachweisen. Aber sie würde nicht eher ruhen, als bis sie ein Motiv gefunden hatte. Sie war überzeugt, dass Harry der Täter war.

„Herr Herkenroth. Vielleicht können wir im Moment noch nicht beweisen, dass Sie ein Motiv hatten. Aber ich sage Ihnen, sobald ich auch nur die kleinste Verbindung zwischen Ihnen und Frau Schönbach entdecke, haben Sie ein gewaltiges Problem. Sie hören von mir!"

Damit stapfte sie aus der Tür.

Harrys aufgesetztes Lächeln verschwand in dem Moment als Emilia die Tauchbasis verließ. Verzweifelt fuhr er sich mit seinen Händen durch das schüttere Haar. Er war dieser schauderhaften Silvia vollkommen ausgeliefert. Sie konnte jederzeit Laureens verräterische Botschaften auf den kleinen Zetteln an die Kommissarin aushändigen. Dann wäre er dran. Alles hing davon ab, dass keiner von seinem Verhältnis zu Laureen wusste. Was für eine Zwickmühle. Silvia hatte damit gedroht, ihn der Polizei auszuliefern, wenn er nicht ihren verliebten Lover spielte.

Sie war vorhin mit einem kleinen Koffer in die Tauchbasis gekommen und hatte diesen in der Schlafkammer abgestellt. Dann hatte sie etwas Grauenhaftes mit Spitzen aus Polyester hervorgezogen. Kurz darauf hatte sie ihren wuchtigen Körper hineingezwängt und jetzt lag sie wie ein Walfisch im Negligé auf seiner Pritsche und erwartete Liebesdienste. Er schaute aus dem Fenster. Wie üblich war es ohne Übergang innerhalb von wenigen Minuten dunkel geworden auf der Insel. Der Wind wehte eine milde Brise durch sein Fenster, die nach Salz und Glück duftete. Hinten auf dem Meer konnte er die Lichter von ankernden Schiffen ausmachen. Was für ein friedvolles und freies Gefühl musste das sein! Einfach morgen den Anker lichten und weiter segeln. Und bleiben, wo es einem gefällt. Er dagegen sah einer schrecklichen Zukunft entgegen. Zu Hause in Las Palmas wartete die nörglerische Ehefrau. Bis jetzt war die Tauchbasis immer noch ein Ort der Freiheit und des Rückzugs aus einer unglücklichen Ehe gewesen. Nun war es auch hier vorbei mit der Freiheit. Silvia hatte deutlich gemacht, dass sie so schnell nicht abreisen würde.

„Schaaatzi", tönte es aus der Schlafkammer, „komm Bussi zu deiner Süßen".

„Ich komme gleich, Mausi", rief er zurück.

Dann straffte er die Schultern und ging in Richtung Schlafkammer. Als er an der Gerätekammer vorbei ging, kam ihm ein großartiger Gedanke. Er knipste das Licht an, griff nach seinem Schraubenzieher und nahm eine der Sauerstoff-flaschen. Dieses Mal fand er die kleine Feder schneller, die den Zeiger am Display des Druckluftanzeigers regulierte.

Als er fertig war, trat er in seine Schlafkammer. Silvia lag auf dem Bett und schaute ihn erwartungsvoll an. Dabei schaukelte sie mit ihren Hüften hin und her. Ihn schauderte.

„Liebste", würgte er überzeugend schmachtend hervor, „Ich würde mich am liebsten gleich auf dich stürzen. Aber vorher habe ich noch eine Überraschung für dich. Ich zeige dir die nächtliche Unterwasserwelt von Mogan. Komm, wir gehen zur Felsentreppe." Silvia hatte zwar im Moment keine große Lust zu tauchen, aber wenn Harry das brauchte, um sich in Stimmung zu bringen, dann war es ihr Recht.

Zehn Minuten später standen sie gemeinsam an der Küste von Mogan und er händigte ihr die Tasche mit ihrem Tauchanzug und der Druckluftflasche aus. Beide legten ihre Tauchausrüstung an und gingen Hand in Hand ins Wasser.

An Deck seines Segelbootes saß Jonno. Er war heute aus dem Hafen herausgefahren, um auf dem Meer Fische zu fangen und ankerte jetzt in der Bucht vor Mogan. Er hatte eine wärmende Jacke dicht um seine Schultern gezogen, denn die Nacht war kalt. Er liebte es, abends noch ein Bier zu trinken und die Sterne zu betrachten. Gerade war die Venus, der Abendstern, über dem hohen Felsen aufgetaucht, der Mogan von der Nachbarbucht trennte. Jonno nahm sein Handy aus der Tasche.

„Emilia. Hier ist Jonno. Sie hatten mich gebeten, nebenbei ein Auge auf Herkenroth zu richten. Er ist hier gerade zum Nachttauchen ins Wasser gegangen. Ich konnte ihn von meinem Schiff aus sehen. Mit noch einer Person. Was soll ich tun?"

„Bitte bleiben Sie da und gucken, ob und wann sie wieder aus dem Wasser kommen. Ich bin gleich bei Ihnen."

„Bis gleich".

Jonno dachte nicht daran, einfach abzuwarten. Er sprang unter Deck, griff sich seinen Taucheranzug und die Sauerstoff-Flasche, nahm die Tauchmaske vom Haken und ließ sich von der Bordleiter ins Wasser gleiten. Was war, wenn Herkenroth schon wieder einen Mord plante? Dann zählte jede Minute für das arme Opfer. In der Tiefe paddelte er in Richtung Strand und sah nach kurzer Zeit den verschwommenen Schein einer Taschenlampe. Er setzte seine Flossen in Bewegung.

Als Harry Herkenroth sich zehn Minuten später alleine aus dem Wasser die Felsentreppe herauf hievte, wurde er direkt von Kommissarin Gomez und zwei weiteren Kollegen in Empfang genommen.

Nur einige Minuten später blubberten große Luftblasen an die Oberfläche des Wassers. Kurz darauf tauchte Jonno auf. In seinem Arm hing Silvia. Jonno hatte das Mundstück seines Atemgeräts herausgelöst, so dass abwechselnd er und Silvia es benutzen konnten. Gerade sog Silvia gierig einen tiefen

Luftzug ein. Dann riss sie das Atemgerät aus ihrem Mund, zeigte mit bebendem Finger auf Harry und schrie anklagend „Er ist der Mörder. Ich kann es beweisen!". Und Jonno ergänzte: „Er hat es schon wieder versucht. Die Sauerstoff-Flasche war leer. Ich kam in der letzten Sekunde!"

„Herr Herkenroth", sagte Emilia Gomez. „Ich nehme Sie fest wegen Mordes an Laureen Schönbach und wegen versuchten Mordes an dieser Frau. Mit Hilfe ihres Kollegen legte Emilia ihm Handschellen an und führte ihn ab.

Schnaufend stemmte sich Jonno auf der Felsentreppe hoch. Dann reichte er Silvia die Hand und zog sie ebenfalls neben sich. Beide saßen einen Moment schweigend nebeneinander und beruhigten ihre Atmung. Plötzlich drehte sich Silvia zu Jonno und sagte:

„Herr Jonno, Sie sehen meinem letzten Freund total ähnlich! Das kann kein Zufall sein! Das wird der Anfang einer wunderbaren Liebesbeziehung."

* * *

...neugierig geworden?

Wenn Sie neugierig sind, was die Autorin noch so anbietet, besuchen Sie doch einfach auch mal ihre Website

www.papiermache-kunst.de

und entdecken Sie Workshops, Bastelsets, Papiermaché Bücher und vieles mehr